大鱼文化传媒　大鱼文学

那些关于时光的事

大鱼文化
女报时尚 编

贵州出版集团
贵州人民出版社

图书在版编目（CIP）数据

那些关于时光的事 / 于筱筑等著. 大鱼文化，女报时尚编.-- 贵阳:贵州人民出版社,2016.4（2020.3重印）

ISBN 978-7-221-11891-2

Ⅰ.①那… Ⅱ.①于… ②大… ③女… Ⅲ.①短篇小说-小说集-中国-当代 Ⅳ.①I247.7

中国版本图书馆CIP数据核字(2016)第070493号

那些关于时光的事

于筱筑等 著

大鱼文化 女报时尚 编

出 版 人	苏 桦
出版统筹	陈继光
选题策划	大鱼文化
责任编辑	陈继光 周湖越
流程编辑	潘 媛
特约编辑	代琳琳
装帧设计	刘 艳 曾 珠
封面绘制	林单调
出版发行	贵州人民出版社（贵阳市观山湖区会展东路SOHO办公区A座 邮编：550001）
印 刷	三河市华东印刷有限公司
开 本	880×1230毫米 1/32
字 数	128千字
印 张	8
版 次	2016年6月第1版
印 次	2016年6月第1次印刷 2020年3月第2次印刷
书 号	ISBN 978-7-221-11891-2
定 价	42.00元

是谁陪你轻声歌唱，是谁陪你颠沛流离

CONTENTS
第一章

这个世界有谁比我更爱你呢 / 于筱筑
"我忘记告诉你了，我终于和许之至恋爱了。"
002

原来麦兜也有秘密 / 张守君
"猪猡终于爱上了麦兜，
如今他们正躲在某个角落里幸福地生活。"
013

章泰焱少将，丁小安她曾爱过你 / 王小可
"如果有些事情注定绝望，
那么选择遗忘可能是最好的结局。"
027

光阴他带走子朋的故事 / 小渔
"原来有些事情你以为刻骨铭心，
对方却是早已忘记了的。"
042

用我永不凋零的胃口，换你半分的温柔 / 谢三少
"在那么多餐饭里，你陪着我直到散席。"
052

CONTENTS
第二章

那些记忆里的人终将与你背道而驰

雍和宫前与君三愿 / 优游
"他总是偏执地相信一句话，
那就是所谓的缘定三生。"
064

纷纷扰扰，是彼国的月亮 / 闪闪
"没有我的 Morning Call，
他也不见得迟到。"
077

北京城有九百万辆自行车 / 薄蓝
"我发现自己像向日葵一样具有向光性。
我没有办法不爱她。"
086

春风再美也比不上你的笑 / 小周
"人生还那么长，世界又这么小，
而你又那么热闹，总有一天我会找到你吧。"
099

嘿，请让我看见朝阳升起 / 贺郎年
"林朝阳，我不能祈祷你一转头就能遇到一个爱你的好姑娘，
我能为你祈祷的，唯有平安。"
112

你我未有幸，一起说声愿意

CONTENTS
第三章
▼

我的綦江大桥 / 亦人
"如果一切可以重来，我愿意带她到天涯海角，
去看她梦想中真正的海。"
128

永远永远爱你 / 黎岩
"我想你，却不知道该怎么办好。
就是想你。"
138

上海，胡英豪收 / 邢汶
"上海啊，我从来就没有对不起你，
我曾向一个上海女孩承诺爱她终身，至今誓言依旧。"
151

唯有爱不肯轻易褪色 / 西芹百合
"我们都没有多余的爱给别人，
所以注定流离失所。"
162

你是一只飞过红场的鸽子 / 流言
"他从未曾对我说过承诺，当我到了他的年纪也明白了，
永远这两个字是太远太远。"
171

一个人怕孤独，两个人怕辜负 / 暖暖
"坚强意味着承担更多的痛苦，
独立则代表不可抵御的孤单。"
184

CONTENTS
第四章
若 你 不 辜 负 这 世 界 的 宠 爱

长信 / 卡尔
"这些不可告人的回忆，
只有一个人知道。"
196

相爱的人终将相逢 / 李炒饭
"我们相见时，
珍妮从她坐的椅子上跳起来吻了我。"
207

彭豆豆喜欢张子之 / 杨丹
"孤独，
原来就是身在人群中却好像站在沙漠里。"
222

爱我，就带我到北方再北方 / 陶粲明
"我愿意陪你去你想去的任何一个地方。"
235

◆

是谁
陪你轻声
歌唱

是谁
陪你颠沛
流离

·第一章·

这个世界有谁比我更爱你呢
文/于筱筑 ▶▶

"我忘记告诉你了,我终于和许之至恋爱了。"

三月。我要你来的时候你不来。
现在我就这么一个要求了,你要不要来?

　　许之至,我在校门口的 7-11 看到你了,你在给一个女生买巧克力。那个女生真是漂亮啊。可是我不嫉妒她。我想起第一次参加竞技社跟你去暴走的时候,走了六个多小时,我说我想买雪糕。你很凶地和我说,不许去,去了就掉队了。

　　许之至,你说下午五点在学校的红树林旁边等我,可是你让我等了那么久,我觉得红色的落日都要把我照成灰烬了。

　　许之至,每天我说要你来的时候你都不来。现在我就这么一个要求了,你要不要来?

~~~~~~~　都是 我们的事

前面两句是我发给许之至的短信,后面一句才是我下定决心今天要和他说的话。我在男生宿舍楼下面堵住他。他的头发乱乱的,胳臂下夹着蓝色的滑板,一套白色的阿迪,这一造型有点像孙悟空。不过,我说的是《七龙珠》里帅帅的孙悟空。许之至把手里的新奇士橙塞给我,我看着他的眼睛说完我要说的话。我就这么一个要求了。许之至。

他瞪着我,那么远的事情啊。我摇摇他的手,他害羞地点头。现在还会害羞的男生,多可爱啊。

我一路往回走,一路吃着他给的橙。这橙多甜啊,甜到我心里都酸溜溜的。这孙悟空多好啊,他给我一个大橙子,他答应我的要求。他也应该有一点点喜欢我的啊。

七月。不要把我的小铜像弄丢了。
我会生气的。你不说话的话,那就是你生气了。

我在林荫路上晃荡。啦啦啦,小熊要回自己的家,啦啦啦,我把自己逗笑了。我看着表,怎么许之至还没路过呢?我想的时候,后面轰隆隆的马达声就响起来,他停在我身边对我叫,小熊,你怎么还不去上课啊?我想说,我在等你啊。可是我说，喔，我起来迟了，我要迟到了。他的眉头皱起来，说，你上来啊，我送你去上课。

我坐上他的车，我的裙子一褶一褶的。我看到他的颈上黑黑的皮肤，我多想亲亲他的脖颈啊。这个我从三月喜欢到七月的男生，漂亮木讷的男生，这个第一个叫我小熊的男生。

我说，许之至，你脖子上的小铜像真漂亮，你送给我好不好？他沉默了好一会儿，说，好吧。在教学楼前下车的时候，他把脖子上的小铜像拿下来递给我。我跷起脚来钩住他的脖子在他脸上亲了一下，你真好。

他又害羞了。他说，你不要把小铜像弄丢了。那是我的宝贝，我会生气的。我笑一笑。我知道，你不说话的时候，你就生气了。

可是许之至你不知道，你也是我的宝贝啊。

我转身上楼。啦啦啦，小熊要回自己的家，啦啦啦，谁家的宝贝听话啦。

都是 我们的事

十月。红树林真红啊。
如果我从滑板上滑过小桥，或者你就会开口说喜欢。

  秋天来的时候，空气的味道都让人觉得寥落。学校最西边的那片红树林叶子都红了，叶子是心形的，那是什么树啊，有那样颜色的叶子，有那样沉酽的悲伤。我挽着许之至的手走到红树林，我玩他的蓝色滑板，他蹲在小桥边看落日。

  是的，我忘记告诉你了，我终于和许之至恋爱了。我叫熊妮妮，在这个寂寞的南大的秋天，我跟许之至表白了。我说，许之至你寂寞吗？他没有说话，傻傻看着我。当时他的手放在牛仔裤的裤兜里。我说，许之至，你不要害羞，你把手给我，我们一起去看红树林的落日。

  后来，他拖着我的手，很轻很轻。他的手大而暖，手心的温度让我的心在这个潮湿的秋天澄净高远。我说，许之至，你要对我好。

  可是他从来只是憨憨地望着我笑。就像此刻，他在小拱桥边望着我，笑容轻轻张扬，他害羞地说，小熊，你真可爱。落日的余晖勾勒出他好看的轮廓，我的视线模糊。他这么好，我是如此没有安全感的女子，得到或得不到都让我如此患得患失。

我站在蓝色的滑板上,如果我从小拱桥的这一端滑到那一端,说不定他会开口说爱。我用力地跑一步,天空多么蓝。他追上来抱住我,他的怀抱多么温暖。小熊,我保护你。

一月。我答应你的事我都会做到。
我要带你去看生命中最盛大的风景。

放假的前一天我跑到宿舍楼下等许之至。我说去年三月你答应过我一件事。他说,嗯,我记得的。我说,那我们去买票吧。

一月有雪凛冽。我把领子竖起来给许之至挡风。他就用大棉衣把我裹进怀里,我们去买两张到承德的硬座。回来的时候我在雪地里蹦起来,拉长了嗓子喊,噢,要去滑雪咯。他也跟我一起喊,噢——

出校门的时候,我的孙悟空变成一只鸵鸟。他拉着我的箱子,背了一个我的大包,一只手还提着自己的小箱子。我身上空空的。可是走着走着他问我,小熊,你累吗?我说我不累。我真高兴,去木兰围场一直是我的梦想。那里有一棵那么漂亮的愿望树。

我们坐七个小时的火车到承德。火车上我靠在许之至的腿上就睡着了。睡醒的时候，车已经到承德。

再转大巴，我们的目的地是围场县。承德真冷啊，我觉得自己快成冰块了，我呼出的气都是雪白的，地上的雪踩上去发出咯吱声。我叫，许之至，你冷吗？他笑一笑，我不冷。我黏到他身上，可是你怎么在发抖呢。这个从小生活在祖国最南边连落雪都没见过的男孩，现在要和我一起来看生命中最盛大的风景。这个男孩的手套是红色的，他的帽子围巾好漂亮。

去年三月的时候我就跟他说了，我们要来木兰围场滑雪。我等了一年了。

这是我们两个人的木兰围场。
我们听到雪落下来的簌簌声。

到木兰围场的时候是下午。有微弱的日光照耀在我们身上。我兴致昂扬地换上衣服要去滑雪。许之至拉住我，天都这么晚了，我们明天再来吧。我推他，胆小鬼，我们不要走太远啊。他很安静地笑一笑，我拍拍他，乖喔。

然后我们一起踩上雪橇就走了。雪地真滑，我和许之至跑着闹着天就快黑了。我转过头要回去的时候，发现已经找不到来时的脚印。我急得快哭起来，许之至在背后抱住我，小熊你不要怕，我在你旁边。我看着他，他的眉毛在雪地里那么黑，他的脸白白的，可以看到皮肤下面的血管。他用红红的唇轻轻地吻我，小熊你不要怕，他们巡山的时候会找到我们的。我们现在往一个方向走。

　　天真安静，可以听到雪落下来的簌簌声。四周是白茫茫一片，覆盖了所有我们的来时路。天彻底黑下来，我开始发抖，这么冷，我的骨头仿佛都冻僵了。我看到许之至的脸更白了，眉毛上落满雪花。他抱着我，说，小熊我们找个背风的地方先躲起来。

　　我们找到一处背风的山崖。我紧紧地搂住他。我说，你冷吗？你从来没到过北方。他不说话，使劲摇头。我发现我的眼泪已经流不出了。我只听到有很大的风，听到许之至一直在叫我，小熊，小熊，你千万不能睡啊。小熊，小熊。

　　谁在这风里雪里轻轻唱：啦啦啦，小熊要回自己的家，啦啦啦，谁家的宝贝听话啦。

都是 我们的事

**二月。雪化了，小铜像不见了。
我那么想念那片红树林的落日。**

我睁开眼睛就闻到苏打水的味道。

我坐起来问医生，我的朋友呢。医生说，我们没有看到你的朋友，当时你一个人在雪地里。我的头一下子那么重。医生说，你要好好休息，你的手和脚都冻伤了。你怎么能跑到那么远的地方去呢。

我很安静地躺下来。许之至你说过要保护我的，可是你怎么不管我了呢。我用手摸自己的脖子，我的小铜像不见了。我的眼泪突然就涌了出来。我想起那轮很大很大的，在我们身后的落日。

**四月。别让我看到转身时候你落寞的神情。
我多么心疼。许之至，我们要好好地过。**

我在这个春天回到学校。我听说许之至一直在找我。可是，我不想原谅他。他怎么可以在最关键的时刻丢掉我？他是个好人，我一要他就给了我温暖和爱。可是，我希望这份爱可以走得远，这爱可以层层叠叠地把我包裹起来，风雪交加也无法挣脱。

011

    我一个人走过四月的林荫路,然后看到许之至。我以为我已经足够坚强,可是他一走来我就想哭。他还是那么好。他的头发变整齐了,他不再是我的孙悟空了。他轻轻地叫我,小熊。

    我忍住眼泪。我的手仍旧放在口袋里,我转身就走。

    他大步跑上来挡住我,小熊,小熊,你回来了。

    他瘦了。许之至,这个世界有谁比我更爱你呢。可是我说,许之至,好好过自己的生活。

    他的眼睛亮亮的。小熊,你把手给我,我们一起去看红树林的落日。

    他望着我寂静地笑,然后我看到了,雪地里树上的红手套,我在沉沉地睡。

    许之至望着我,一脸落寞。

    他在和我说,小熊,你一定要好好地坚强地过下去。我把小铜像拿走了,因为上面留有你的温度。或者我再不会在你身边,可是我希望你快乐。小熊,你是我的宝贝。

    DV里漫天的大雪,我看到许之至沾满雪花的眼角眉梢。他转身去找救援队。

    我一下子哭起来。我想起二月的木兰围场的医生说,

都是 我们的事

幸好树上的红色手套救了你。我想起漫天大雪里他把手放到我的心口，小熊，小熊，天知道我多么爱你。

原来麦兜也有秘密
◂◂ 文 / 张守君

"猪猡终于爱上了麦兜,
如今他们正躲在某个角落里幸福地生活。"

让我们弄清楚谁是麦兜。

你很可能会忽略了麦兜。其实我们都知道麦兜是个小丫头,做广播操的时候她是女生组左边一队的第六个人,上课时她通常坐在倒数第二排靠近门口的那个位置,在食堂打饭的时候她经常诡异地冲到队伍中间,排练大合唱的时候她通常自告奋勇地站在第一排的左侧。

她莫名其妙地认为电视台的人会突然出现,而她的侧面刚好出现在镜头的一角。

麦兜认为她的蒜头小鼻子是可爱至极的,尤其从侧面看。

当然,你也很可能在广播操比赛排练的时候找不到麦兜。由于她坚持要扎小辫子，而且广播操倒数第二节她总是出人意料地蹦得很高，和她一起跳跃的小辫子在整齐的队列中显得矫矫不群，最后体育委员委婉地请她照顾班级荣誉，最好退出比赛。

上课的时候你也可能找不到麦兜同学，因为她总是在点名之后神速地溜出教室，但是你很可能会在那张桌子上看到她笨拙的笔迹。她写道：我是花朵麦兜。

打饭的时候你也可能看不到她的身影。她的个头太小了，当她一脸坏笑着插队的时候，愤怒的群众会把她紧紧包围，然后，你就可以看见两个小辫子在空中飞舞，我们的麦兜在声嘶力竭地大叫："我看到那块鸡翅了！那是我的！你们都不可以打啊！"

当然，你更不可能在电视里看到麦兜。同学们都认为麦兜有着尖细的嗓门，所以一开始大家都接受她站在合唱团的第一排，也就是女高音部。但是我们的麦兜同学总是紧张得不得了，由于过度紧张，她的歌声中居然出现了不可理喻的高亢的颤音，颇有当家女花腔的味道。

大概在两个星期后，忍无可忍的辅导员把麦兜同学请出了团队。

都是 我们的事

也就是说,在这个初秋的季节,麦兜的内心深处充满着惆怅。

猪猡本身不叫猪猡,但是麦兜这么叫他,所以最后他也只好变成了猪猡。

他的脑袋并不是圆圆的,他也没有招风耳,他的鼻子也不大,他的小肚皮上只有一点点脂肪,所以说,这位叫猪猡的男孩,其实看上去颇顺眼。

在一次宿舍聚会上,麦兜和猪猡坐在一起。我说过,那段时间麦兜同学显得郁郁寡欢,在不知不觉中她喝了不少啤酒。同时,麦兜同学还若有所思地哼起了迪克牛仔的《三万英尺》。当她颤巍巍地唱到"远离地面,快接近三万英尺的距离"的时候,大家都吃惊地端着酒杯看着她。大家都心惊胆战地认为,麦兜同学无疑是把这首歌演绎得淋漓尽致,大家仿佛看到了一架飞机同样颤巍巍地爬到了三万英尺的距离。

为了让气氛活跃起来,猪猡建议大家猜一下谜语。他说的谜语是:两米三三的胸围,打一成语。大家绞尽脑汁地想了半天,最后都表示放弃。猪猡嘿嘿坏笑了一声说:"很简单啊,奇耻大辱——七尺大乳啊!"

大家都哈哈大笑起来,只有我们的麦兜同学瞪着一双红红的大眼睛,口齿不清地问:"为什么?这是为什么?"

猪猡说:"因为,两米三三就等于七尺啊!"

麦兜不屑地冷笑起来,迅速从口袋里摸出一个小巧的计算器核算起来。大家都知道麦兜同学对于数字非常迟钝,屡屡遭受水果小贩的蒙骗。计算了半天,麦兜对猪猡森然地说:"错了,不准确,小数点后面还有很多的'3'。"

猪猡目瞪口呆地看着她,最后拍了拍她的脑袋说:"开个玩笑嘛,何必认真呢?"

麦兜怒不可遏地拨开他的手,说:"你喝多了,你低级趣味!你是猪猡!"

说完,她还踢了猪猡一脚。

这就是"猪猡"的由来。

知道麦兜老底的女同学都突然发现,麦兜似乎喜欢上了猪猡。

一个人喜欢另一个人的标志之一是:她给对方恶意地起绰号,而且这个绰号的版权归她所有。其他的标志还有很多,比如扯他的头发,踢他,不疼不痒地折磨他。

在某个充满浪漫气氛的下午,麦兜同学又在录音机里播放她心爱的迪克牛仔的歌曲。当同室的人表示抗议时,麦兜很陶醉地评价起男人来。她说:"作为一个男人,他首先应该有点儿小肚皮,这是成熟的标志。"她补充说,"我们班上的那些男同学,充其量是正在发育的小男孩而已,看看他们瘦长的脖子,看看他们枯黄的头发,心痛啊,姐妹们!"

当时立即有人跳出来说:"前两天你不是在批判猪猡有小肚皮吗?"

麦兜愣了一下,恶狠狠地说:"他不一样!他是猪猡!另外,你不能叫他猪猡!"

在某个静谧的夜晚,熟睡中的麦兜同学突然坐了起来,声嘶力竭地大叫:"不许揪我的辫子!你这个猪猡!"然后,扑通一声倒了下去,又呼呼大睡起来。

第二天,同室的人告诉麦兜这个小插曲。可怜的麦兜同学似乎还心有余悸,她呆坐在床上,面色憔悴地说:"我和这猪猡互相殴打了一个晚上。"

某一段时间,麦兜同学突然标榜起自己是个充满母爱的人。为了表明这一点,她跑到宿舍里找到了猪猡,说:"我宣布,为了照顾你的身体,我准备以后和你一起吃午饭。"

她看了看猪猡惊诧的表情,心虚地说:"你们这些男生啊,都是可怜的孩子,哪里会懂得照顾自己啊?"说完,她拿起猪猡的饭盒飞快地冲出去打饭了。

从此,我们经常可以看见麦兜同学神采奕奕地挥舞着两个大饭盒出现在食堂里,然后奋不顾身地插队。她照样会被愤怒的群众包围,她依旧气愤地跳起来,用凄厉的女高音叫道:"我看见那鸡腿了!前面的不许打,我要两个鸡腿!"

猪猡实在是个贪吃的家伙,在开饭前总是不厌其烦地和她比较两个鸡腿的大小。一开始他和她还是彬彬有礼地理论,后来他们忍不住争夺起来。最后的结局是,麦兜同学总是灰溜溜地落败,有一次猪猡甚至从她的嘴里抢了一只鸡腿。那鸡腿上还赫然留着麦兜同学两个大门牙的咬痕。

麦兜同学感到痛心疾首。她伤感地在日记中写道:"猪猡就是猪猡,你是不能指望他变成一匹白马的。"

在一次吃午饭的时候,她和猪猡一起坐在阳台上。麦兜吃了一会儿就吃不下去了,百无聊赖地玩弄着一管洗洁精，猪猡则一边吃一边看着楼下的人打篮球。不知道怎么回事，麦兜突然把洗洁精挤到猪猡的饭盒里去了。猪猡连吃了几口，再看看自己的饭盒，愤怒地叫道："麦兜！你在干什么，你要毒死我啊？"

麦兜回过神来，愣愣地看看自己手里的洗洁精，暴跳如雷地说："是！我就是要毒死你！"说完，麦兜同学扬长而去。

从此，大家再在食堂里遇到她时，她手里只有一个饭盒。自称失去了母爱之心的麦兜同学显得精神萎靡，楚楚可怜。

麦兜同学是个极有上进心的人。
在遭遇洗洁精事件之后，她决定痛定思痛。

最近猪猡正沉迷于上网，似乎还泡着什么姐姐妹妹。麦兜轻而易举地用半块西瓜贿赂了猪猡的一个好朋友，要到了猪猡的 QQ 号码。

在某一个下午，麦兜同学带着高深莫测的神情一头钻进了学校附近的网吧。她给自己起了一个名字"无敌美少女"。她自言自语地说："这年头，哪个男人不好色啊？"

正如她所愿，当她把猪猡加为好友的时候，猪猡刚好在线上，而他的名字，居然是"超级帅哥"。麦兜冷笑了数声，开始与猪猡对话了。

麦兜说："你好！我的，外国留学生的是。"

猪猡说："您好！我的，中国龙的是。"

聊了十分钟以后，麦兜失望地发现，这个猪猡果然长着猪猡的脑袋，他居然真把自己当成是外国妹妹了。这是一个漫长的下午，在经过一阵假惺惺的寒暄后，麦兜终于按捺不住内心的焦虑，开始打探猪猡的心理了。

麦兜说："女朋友的，你的有没有？"

猪猡说："大大的没有。"

麦兜说："不会的，中国的姑娘，大大的好！"

猪猡说："我的，喜欢外国妹妹的！"

麦兜说："你的，没良心的干活！对你好的妹妹，有没有？"

猪猡说："没有，我班的女同学，统统的凶狠的干活。"

麦兜说："有没有妹妹，陪你米系米系的干活？"

猪猡说："有，那是小三八的干活！"

麦兜气急败坏。她沉吟片刻，说："帅哥的，我大大

———— 都是 我们的事

的喜欢，我们的，交换照片？"

麦兜恶狠狠地想，一旦我拿到你这个猪猡的照片，我就要把你的行为公布于天下，叫你无地自容！她迅速下载了一张袁咏仪的照片发了过去，过了五分钟，她也收到了对方发过来的照片。她嘿嘿坏笑着打开照片一看，几乎从椅子上翻了下去——这不是自己的偶像金城武吗？

她气得几乎要疯狂了。但是，她还是要矜持地说："阿哈由古得依嘛思呆（早上好啊）！"

对方突然说："嘿嘿，麦兜同学，你就别装洋鬼子了！还'无敌美少女'呢！"

麦兜说："你的话，我的大大的不懂！"

猪猡说："我的话，你不懂？你转过头来，倒数第二排，那个气质非凡玉树临风貌似潘安的美少年是谁？"

麦兜浑身起一层鸡皮疙瘩。她战战兢兢地回过头去，然后就看见了那个得意扬扬的猪猡正贼兮兮地冲她笑。麦兜大叫一声，狂奔出去。

有时,麦兜同学会痛苦不堪地想:
我是不是已经爱上了这个猪猡?
我的白马王子死到哪里去了?

夏天已经到来。麦兜同学显得烦躁不安,这是她在大学里的最后一个夏天了。

众所周知,猪猡是个懒惰的人,他喜欢睡懒觉,从来不愿意早起出操。据可靠人士透露,辅导员准备在最后的时刻给猪猡一个警告处分。麦兜一听,不禁心花怒放。她偷偷摸摸地分别找了猪猡的室友谈话,麦兜说:"让我叫猪猡起床吧。"

在某一天清晨,麦兜精神抖擞地朝男生宿舍出发。在路上,她心情愉快地和猪猡的室友打招呼,而那些人都仿佛见了鬼一样,紧张地问:"你是谁?你是麦兜吗?"

其实,麦兜的样子显得矫矫不群,她的小辫子不见了,取而代之的是小男孩一般的短发。同时,她出人意料地穿了一条超短小裙子。这是崭新的一天,我要有崭新的形象,麦兜同学得意地想:我要给猪猡一个崭新的惊喜。

在走进宿舍的时候,麦兜同学依旧兴高采烈。她悍然掀开了猪猡的蚊帐,然后厉声说:"猪猡,请你把衣服穿好。"

猪猡大吃一惊,躲在蚊帐里忙活了半天,然后伸出头来,一脸困惑地看着麦兜。

麦兜傲慢地说:"猪猡同学,我突然决定,以后我要叫你起床出操,另外,我认为,裸睡不是一个好习惯。"

麦兜是有绝望的理由的。
假如她有一把斧头的话,
她真想一斧头把猪猡的脑袋劈开。

麦兜一直坚持叫猪猡起床。一个月后,我们眼中的麦兜同学变得形容憔悴,她经常可怜巴巴地打着大哈欠,然后沮丧地说:"姐妹们!看看我的眼圈,我现在都不需要涂眼影了!"在痛苦了几天之后,麦兜同学准备撰写她人生中的第一封情书。在写情书的时候,她痛不欲生地想:我完蛋了,我彻底堕落了!写完情书以后,麦兜迅速买了一包话梅,邀请同宿舍的姐妹们一起为这封情书提意见。大家兴奋地咀嚼着话梅,一口气从那封情书里挑出了六个错别字和两个病句。最后发言的是宿舍的大姐大,她倨傲地吐出话梅的核,说:"最后一句不好,优秀的情书里面不应该有爱字出现的……'人生何其短暂!我们为什么不能拥有火一般的爱情呢？'俗了！"

麦兜同学紧张地问："怎么改？你说怎么改？"

大姐大钢笔一挥，然后拿给麦兜同学过目。麦兜同学深情地朗诵道："人生何其短暂！我们的双手，为什么不能拥有那跨越心灵的一握呢？"

同宿舍的女孩感动得无以言表。一个妹妹激动得几乎昏了过去，她喊道："天哪！就让猪猡爱上麦兜吧！"

这是出操的最后一天。过了这一天，大家就要开始办理离校手续了。清晨，麦兜忐忑不安地去叫猪猡起床。让她惊讶的是，猪猡早就起来了，穿戴整齐地坐在床上冲着她笑。麦兜狠了狠心，在口袋里掏了半天，绝望地发现，她居然忘记带那封情书了。这一刻麦兜万念俱灰，恨不得一头撞过去，和这个可恶的猪猡同归于尽。

突然，猪猡扬了扬手，说："你在找这个东西吗？"

麦兜一看，天哪！竟然是那封情书的复印件。

麦兜咬牙切齿地问："这是怎么回事？"

猪猡阴险地一笑："难道我不可以贿赂那群小丫头吗？"

号外：关于猪猡的小肚皮。

最后我们都知道，猪猡终于爱上了麦兜，如今他们正躲在某个角落里幸福地生活。后来，有人问麦兜："你说你喜欢有小肚皮的男孩，你怎么知道猪猡有小肚皮呢？"

麦兜狡诈地回答："因为他是猪猡啊。"

其实真正的谜底是这样的：当年麦兜在进行广播操排练的时候，由于她的热情过高，动作幅度比较大。一次，在做伸展运动的时候，她很不小心地抓到了猪猡的小肚皮。是的，在她看来，一个有小肚皮的男孩是多么罕见啊，而且，这样的男孩一定像小狗一样乐观可爱。

麦兜说，这一抓，就是缘分。

章泰焱少将,丁小安她曾爱过你

◀◀ 文 / 王小可

"如果有些事情注定绝望,
那么选择遗忘可能是最好的结局。"

"丁小安，有你后悔那一天的！你等着看吧！"出租车门关上，黎武气急败坏的诅咒在他口不择言地骂了一夜之后，终于告一段落。

而我，终于能回到北京了。

对不起黎武，我要回北京，哪怕你在多伦多苦苦等了我半年。我要回北京，哪怕北京污浊的空气让我得肺癌的概率要高出四十倍，连风筝也不会放得这么高。但那有什么关系，黎武，风筝的高度和空气的纯度都不是重点，重点是，和谁共呼吸，和谁同执线。

谁都知道我爱放风筝

　　差不多全世界的人都知道我爱放风筝。七年来,只要不下雨,我几乎每天都会放一会儿风筝。在我的西北老家,下雨的日子一年也没有几天,而越是雨水少的年份,梨花就开得越多越美。在我就读的大学校园里,当风把风筝扯上天的时候,成片的梨树林也会有无数花瓣从枝头跌落。

　　三年前,大学毕业后我离开父母回北京陪年迈的外公外婆。在这座雨水也很少的城市里,北京人可真爱放风筝。我居住的航天部大院里却很少有人放风筝,所以当我第一次把那只可爱的小猪放上天时,好些小孩追着我又跳又叫。那时我已经放得很好了,只要小小的风,就能飞快地把风筝放得高高的。

　　当孩子们慢慢散去,会有一位英挺的中年男子来到我身旁。我知道他在出神地看那只风筝,所以十分钟后,我主动打破沉默:"为什么咱们院里没人放风筝呢?天安门广场上每天都有那么多人在放。"

　　"是吗?"男子的声音带着笑,我趁机转头打量。他的面庞表明他正步入中年,却仍旧坚毅、有力,而他的肩章告诉我他已是大校军衔。他微笑着看了我一眼,继续仰头望天,我的小猪已经斜斜地飞出去好远了,强烈的阳光罩着它,我其实并不能看清它在哪里,但手里的风筝线扯一下就紧一紧,告诉我它不曾离开。"这个院里的很多人一辈子都和飞行打交道,对他们来说,飞翔并不是一件特别神秘的事吧。"

"你现在还飞吗?"这话明显令大校同志惊诧了一下,只见他一脸笑意转变成了疑惑,我赶紧说明,"我的意思是,你也是和飞行打交道的吗?"

我的话音未落,他却已经开始发问:"那么多漂亮风筝,一个小姑娘怎么偏偏喜欢猪八戒呢?"

"因为,我喜欢它笑嘻嘻的样子啊。"说完,我们俩都大笑起来。

第一次有人这么直接地问我这个问题,而我也没想到,原来我心里的答案是这样的。每天飞翔在北京天空中的风筝绝不少于一万只吧,可爱的、精致的、神秘的,我却最爱猪八戒,这个痴情的家伙。

我就是那只最痴情的小猪

我在位于海淀的研究所上班,每天早出晚归,但每到周末,我一定会花大把的时间来放飞我的小猪。

章泰焱大校的工作比我还忙,就连周末也可能随时被小车接走。他实在是太有名了,即便已退休在家十多年的外公外婆也很了解他的情况。这位全军出名的年轻大校是试飞员出身,在一次试飞中成功化解了机械故障后成了空军英雄。英雄正当年,却服从上级安排回北京赴任了,据外公猜测,这应该也是他那位老飞行员父亲的希望吧,那位老人在西北基地度过了大半辈子,应该希望儿子有着不太一样的人生。

每说到章泰焱大校,我的老军医外婆总会打趣我说:"你看看,长辈都是搞飞行的,人家的儿子成了飞行英雄,为什么我们家的丫头就只知道放风筝呢?"

我喜欢这样的打趣和嗔怪,喜欢我的老外公和老外婆偶尔谈起章泰焱大校,哪怕说起他那位严谨、刻板的科学家夫人。

进进出出,我和章泰焱大校会像朋友一样打招呼。他对放风筝不仅有浓厚的兴趣,还很有一套,在他的提点之下,慢慢地,我已不只将之视作玩乐,更把它当成一种锻炼身体的绝好方式了。只是章泰焱大校从没主动提出让他玩一把,有时他会提前几分钟下楼等司机,或回来后并不急着上楼,就在逗留的数分钟里看我放风筝。

我们只聊风筝,聊天气,聊周围的树杈对风筝来说够不够安全。从不指望他询问关于我的更多情况,作为一名职业军人,相信他甚至不会生出类似想法。但每一回他逗留在我身边的数分钟都让我愉悦,而且这种愉悦能一直持续很长时间,足够我用到下一次再见到他。

直到好多年以后,我认真、仔细地回忆,那么多个数分钟里,他其实并没有真正对我,就我这个人发过什么问、说过什么话,他看的、谈的和问的都是风筝。

我不得不承认,我很羡慕小猪,可是除了羡慕之外,我不知道还能怎样了。

似乎是时候谈一场恋爱了

研究所的女孩本来就不多,我这样一个古里古怪的女孩自然引起好些人的注意,黎武便是其中之一。这个在建设部大院长大的男孩,身上有明显的大院气质,阳光、透明,对人对事都坦荡荡。

几次集体活动之后,有一天他小跑着来到我身边,空气中似乎飘荡着一股夹杂着佳洁士牙膏味的清新气息。他说:"丁小安,星期天我们去天安门广场放风筝吧,可以不带你的猪八戒。"

其实我早就想去天安门广场放风筝了,那儿有各种各样漂亮的风筝,也只有那儿才有更多高手,不像航天部大院,一大片天空里只孤零零地飞着我的小猪。可我舍不得在星期天去。宝贵的数分钟逗留,多半发生在星期天。不过脑子里突然转过一个念头,一次爽约,会不会让他发现风筝线这一头的我呢?

我有一点为自己的想法兴奋呢。但我们之间有约吗?如果没有,还谈得上爽约吗?

但是我已决定赴黎武的约,而且我真的没带我的小猪。

都是 我们的事

黎武送给我一只制作极其精美的春燕，虽然燕子造型的风筝十分常见，可我的这只燕子还是赢得了无数赞叹，好几个游客还要求拿着它拍照。看得出来，这只分明出自大师手笔的风筝花了黎武不少银子。

可是这只燕子也只能和大家合合影，制造一下气氛。虽然画得精美绝伦，却不太符合力学原理，因此很难放上天去。加上黎武不停要求让他试一下，所以我们基本上一直忙着扯线狂奔。好在广场上的游客那么多，大家并不在意两个不能把漂亮风筝放上天去的年轻人。四年多来第一次不能尽兴放飞，我却没什么不开心的。

下一个星期天，黎武便没再提放风筝的事，把漂亮的春燕交到我手上，他就自觉完成了任务。不过我还是拒绝了他看电影的邀请，这个星期天，说什么我也要在大院里放我的小猪。

直到黄昏将尽，章泰焱大校的车才回来。看他从身边无声经过的时候，我突然发问："上个星期天怎么没见你啊？"

他愣了一下，望望天，说："这么晚你还在这儿吗？"幸好天晚，我急红的脸色没能让他发现，正支吾着不知说什么好，他回转身，暂时不走了的样子。

突然，我惊讶无比地看到他伸出手，我一声不吭便把风筝线交到了他手上。他一边熟练地扯着线，一边喃喃自语起来："上个星期天我去飞了，那应该是我最后一次飞了。"

断线的我决定飞向多伦多

看了新闻才知道，章泰焱已经成了一位年轻的少将，这在和平年代，对于一名三十七岁的军人来说几乎是个奇迹。可我不知道，那个星期天晚上的将军为什么看上去那么惆怅。

在后来的一年多时间里，我们很多次一起放风筝。我们之间的谈话终于慢慢超越风筝，甚至不再关于飞行，开始涉及我原先曾无数次希望的方向。只不过那时我已和黎武拍拖一年多，他已办妥移民事宜，在多伦多等我了。

我总以舍不得外公外婆为由一天一天地拖着。我想我并没有在等什么，不要说结果，就连一场语意明确的谈话都不曾奢望。相对于年轻将军的前途，一只整天傻乎乎飞呀飞的小猪又算得了什么。

有一天，我和将军光顾着聊天，小猪差点被一枝新长出的小树杈钩住。我问将军："这棵树很奇怪，看着像梨树，可我还没见它开过花。"

将军说："城里有很多不开花的树。这也许是棵公梨树，而它近旁没有另一棵母梨树。除非有蝴蝶、蜜蜂这样的小动物帮它传递花粉，否则它就很难开花了。"

"城里现在根本少有蝴蝶和蜜蜂了，那这棵梨树不是很绝望？"

"是，世上很多事情原本就很绝望。"

我突然发现原来将军也有一副文艺腔，脑子里快速思考着要如何将这个"绝望"的话题继续下去。

"如果有些事情注定绝望，那么选择遗忘可能是最好的结局。"

将军伸手一把将线拿过去，可无论他怎么抢救，小猪再也不听指挥，一阵慌乱飞行之后线断了，我的小猪不见了。

晚上我在MSN上对黎武说，亲爱的，领导批了我的辞呈，我要飞来找你啦。

就让想念载我飞回北京吧

多伦多的空气实在好，虽然早春比北京略显寒冷，满眼也没有开花的树，却总让人神清气爽。在这样清澈的空气里放风筝一定是件愉快的事情，可我的小猪不见了，也许它现在还挂在航天部大院里的某棵树上，它还会是那副笑嘻嘻的模样吗？

我的时差似乎一直没倒过来，无论晨昏，好像随时可能睡去也随时可能醒来。黎武认为我是出于兴奋，他说："你第一次出国，就在国外有了自己的家，而且马上要当新娘了，兴奋是自然的！"

我每周联系外公外婆，不想按我们约定好的等我的小宝宝出世才请他们来，我打算请他们来参加我的婚礼。如此清透的空气，完全没有认识的人，我感觉自己快被纯氧折磨窒息了。

就这样乱七八糟地过了差不多一个月，外公外婆好不容易被说动了。可就在他们准备动身的时候，有一天在电话里，外公突然告诉我："小安，我们暂时来不了啦，外婆被请去参加一个临时专家小组。还记得试飞英雄章泰焱吗？他得了绝症，领导请专家们为他会诊，不惜一切代价挽回他的生命。"

那天我放了整整一天风筝

我回北京后便再没见过将军。就算我可以决绝地对待黎武，就算我可以不负责任地对待自己的婚姻，就算我可以不理会外公外婆疑惑的眼神，我也没办法胡作非为到硬闯将军的特护病房。

没有了爱人，没有了工作，看不到希望，当然也没有所谓的绝望。白天就在后海一带乱转，只等黄昏来临，外婆从医院回来，守着一桌食之无味的饭菜，听她跟外公絮叨这一天的治疗情况。这时的我才恢复了生气，抢着洗碗，抢着帮外公外婆烧洗澡水，就为了让她有更多时间和外公聊天。而他们聊天的话题绝离不开章泰焱将军，年轻将军的生命牵动了太多人，包括外公这样对他寄予厚望的长者。

后海一带藏着许多高人，我请其中一位为我重新画了一只小猪，又请另一位帮我把它做成一只新的风筝。

接下来，我又在后海附近找到一家叫做悟空的小酒吧，白天，我把自己这颗比小猪还脆弱、痴迷的心，悄悄藏进悟空的身体里，在那儿偷偷地哭、偷偷地笑、偷偷地回忆只有我一个人记得的往事。直到外婆彻夜未归的那一夜，我在那棵从不开花的梨树下坐了整晚。第二天天刚蒙蒙亮，我就带上小猪去了天安门广场。

我不知道为什么会来这里，因为越来越多的游客，我便可以不再寂寞吗？因为待会儿会有无数只风筝在空中飞舞，我的小猪就不再孤单吗？这一天突然降温，风里还裹着沙尘，广场上放风筝的人并不多。好多游客被我的小猪吸引，还有小孩子指着它拍手叫："快看快看，这个猪八戒笑得多开心啊。"

我一个人在偌大的广场上很努力地放飞我的小猪，从清晨直到黄昏。围在我身边的人们也吸引了卖晚报的小贩，他的嘴里不停念叨："晚报，晚报，最年轻的飞行将军与病魔斗争多时，终不治身亡，英年早逝。"

一阵大风刮来，小贩护着他的报纸赶紧往纪念碑下躲。裹着沙尘的风直吹进我的眼，我在风里努力地控制着小猪的方向，任由泪水流了满脸。天色已暗，大风中的广场上游客越来越少，谁又会注意一个放了一整天风筝的女

~~~~~~ 都是 我们的事

孩呢？哪怕她泪流满面。

我使劲仰着头，大风迷着我的眼，根本看不清小猪到底飞去了哪里。迷离的泪眼之间，仿佛只看见万千梨花开放，被风吹得漫天飞舞。

梨花盛开时节的烦闷空间

最美的梨花开在七年前的那个春天。一场最大的风沙来袭，三十岁的年轻试飞员章泰焱凭借高超技术化解了飞行过程中的机械故障，新型飞机安全落地的那一刻，他成了远近闻名的试飞英雄。

英雄回母校演讲的那一天，风也很大，漫天梨花飞舞，就像下了一场异常温暖而柔软的雪。校图书馆学生管理员丁小安奉命陪同英雄穿过梨花飞舞的校园，寻找他十年前在此念书时，悄悄存放的一件神秘物件。

穿越校园的行程大约十五分钟，英雄把身边的学生管理员当成一个孩子，兴奋地向她诉说自己大学时代的种种荒唐想法和行为。对他而言，即使身边换成另一个女孩甚至一个男孩，他也会同样愉悦和兴奋。可是十七岁的大一女生丁小安在心里默想英雄和自己之间的距离,设想十三岁的年龄有没有可能像这十五分钟的路程一样,伴着英雄爽朗的笑声和梨树下温软的花瓣雨,便轻轻松松走了过去。

那一年,丁小安在图书馆里遇到了最爱的书,林语堂的《朱门》,并爱极了里面那一句:"他把我带离这梨花盛开时节的烦闷空间。"后来,他们到达了古旧书库。原来十年前,当英雄还是个调皮男生的时候,悄悄带了一只最喜欢的小猪风筝进图书馆,并把它藏在了古旧书库最靠墙的,那个书架的顶上。

光阴他带走子朋的故事
文/小渔 ▸▸

"原来有些事情你以为刻骨铭心,
对方却是早已忘记了的。"

9

九年前,我十三岁,上初一。

新生运动会的时候,我一个人坐在最后面读小说。一个手长脚长的男生搬来一把椅子放在我的旁边,笑嘻嘻地对我说:"你帮我看一下椅子啊。"我放下小说,有点奇怪地看着这个陌生的家伙,他的鼻梁好高好直。这时突然有人大叫:"张子朋!该你检录了!"他跳起来大声应答,然后回过头来说:"这个椅子给我留着啊!"

后来,这个叫张子朋的男生在运动会上大出风头,得了一堆奖品,其中最漂亮的是一个日记本。过了两天,他把包装得仔仔细细的日记本送给我。那是我第一次收到男生的礼物,又高兴又有些惊慌,并且女生的矜持提醒我,不可以把开心在男生面前展露无遗。

我低下头想拆开日记本的包装,子朋却有点脸红地说:"我在上面写了几个字,可是我写的没有你写的好看。"

8

八年前,我十四岁,上初二。

我们做了同桌。我最开心的时候是看他帮我整理书桌。他会把我的书桌魔术般变得整整齐齐,然后笑眯眯地等我表扬他。通常我会借给他我的史地作业,因为文科他实在懒得应付。

他总是说,我成天在教室里看书不出去运动是会生病的,果然期末考试的时候,我发高烧,拔掉点滴冲进考场,成绩当然不理想。

子朋的成绩却也出奇地低,我去办公室抄成绩,老师哭笑不得地骂他:"难道你也烧糊涂了?"他笑着不回答,用亮晶晶的眼睛看着我,我有些尴尬,连忙头也不回地出去。

7

七年前，我十五岁，上初三。

我们说好要考进同一所高中。我不担心我会落榜，但仍是折了一千颗幸运星，打算万一与子朋不在同一所高中就送给他。

中考过后的夏天，他拎着两盒围棋和一本数学精编到我家。他说我的代数水平实在太糟糕，必须恶补一下才行，要不然进了重点高中怎么跟得上。我只好乖乖地找来草稿纸做练习题，他却兴高采烈地拉着我哥要和他下棋。后来我哥虎着脸对我说，下回别让这小子上我们家来，我偷偷地笑。

放榜的时候，我看到我与子朋进了同一所学校，于是我把幸运星收了起来。亮晶晶的星，自己看着也喜欢。

6

六年前，我十六岁，上高一。

一大早子朋就兴冲冲地来敲我家的门叫我一起去

报到。

从我家到学校的路两旁种满了银杏树,我们骑着自行车快乐无与伦比。我们肩并肩看学校贴出来的分班名单,呵,真好,我们又在同一个班级。

扫雪那天,他跑过来问我冷不冷累不累。我跺跺冻得发麻的脚小声地说:"我不累,你不用管我,让别人看见了挺不好的。"他望望我,没说话,后来我发现他悄悄地把我们两个组的分界往我们这边移了好大一块。

5

五年前,我十七岁,上高二。

文理分班。他问我是不是一定要学文?我有些不安地回答是的,于是他撤回已经填好的报名表。

新学期开学,我踏进教室,他大声叫我,指指旁边的空位。下课的时候,我和旁边的新同学聊天,把丝巾绕在手指上玩。他哼着歌从外面进来,猛地把丝巾从我的手上扯下,大声唱道:"掀起你的盖头来!"

4

四年前,我十八岁,上高三。

我坐在楼梯的拐角处安安静静地看书。黄昏的阳光斜斜地从窗子射进来,把影子拉得很长,把我的头发照成金黄色。子朋走过来,站在我旁边,问我要报什么学校。我仰起头来看他,说我要报北师大。他低头看着我的碎花裙,想了好久说:"那好,我报北大。"然后他在我旁边坐下来说:"薇薇,我们今天放学一起走吧,我有话对你说。"

我隐约感觉有一种东西要来临了,可是我不知道自己是否有力气承担,于是我犹豫着摇摇头说不。他有些失望地望着我,还是微笑着说:"一定要努力啊。"

这一年的九月份,我没有去成北京,来到沈阳。

3

三年前,我十九岁,上大一。

子朋给我写来厚厚的信,用那种极薄的印着"北京大学"的信纸。他讲北大旁边有家书店可以买到好多稀奇古怪的书,他讲北大的未名湖畔有非常多也非常美丽的柳树，他讲他每天发生的故事以及食堂的饭菜，他还讲他的牙又开始疼，仿佛写出来就可以不再疼。我微笑着读他的信，冲着阳光，然后一封封地编上序号，放在最里面的抽屉，和那一千颗早就褪色的幸运星放在一起。他的字越来越漂亮，我却不知道在回信里应该说些什么，写我的不知满足和不思进取？不定期地写我在他面前的隐隐自卑？这些都是属于不能说却也不能忘记的事情呵！

  子朋的信仍是一封一封地来，言语的试探小心翼翼，唯恐我太敏感。我终于对他说，我真的很感谢他，遇到他是我这一生的幸运。虽然以前的快乐像流水一样长，可是，仅仅剩下感谢而已。子朋实在是太聪明，他和我一样，不再回忆我们共有的经历，只是随便说说生活中的琐事。直至有一天，他说他爱上了一个美丽的杭州女孩。他还说，他相信我一定会和小柔成为朋友的。

  我读那封信读到凌晨。我以为我们的故事仅仅是青梅竹马那么简单，我以为我可以骗自己说我很坚强然后平静地睡去，我以为我可以忍住夺眶而出的眼泪，我以为我可以非常容易地忘记他。

那些 关于时光的事

2

两年前,我二十岁,上大二。

子朋带着他的小柔来沈阳玩。我手足无措不知道是应该表现得亲切友好还是该表现得客气有加。小柔果然一副江南女子的清秀模样,除了偶尔会抱怨北方的寒冷就一直乖乖地在子朋旁边。

我讲起子朋小时候的事,她一脸幸福听得津津有味。子朋却问:"原来我小时候做过那么多事啊,我自己都不记得了。"我淡淡地说:"是啊,我也是才想起来呢。"说这句话的时候,心里突然就酸了起来,原来有些事情你以为刻骨铭心,对方却是早已忘记了的。

小柔非常真诚地说:"薇薇我真羡慕你,可以和子朋有那么多可以回忆的往事。"我看着她天真的笑脸,真的很想脱口而出,其实应该被羡慕的,是你。但是我怎么可能这么破坏气氛?

1

一年前，我二十一岁，上大三。

我会偶尔想起子朋对我说过的一些话，我怕以后会忘记，所以我常常拿出来温习。只是这只能增加我的寂寞和无助，我想，我必须从回忆中走出来了。

暑假回家，高中同学心血来潮，呼朋唤友，旧梦重温。觥筹交错间子朋冲我举杯，隔着好多人，我点头示意。子朋站着饮尽杯中的酒，笑着冲我摆手告诉我不必客气，我坐着把面前的杯子斟满。音乐声响起，子朋拿着麦克风跑过来要和我合唱《滚滚红尘》，满室的吵闹笑声中，我唱出属于我的句子。他看着我，说："薇薇你比以前爱笑了。"

0

2001年，我二十二岁，即将毕业。

拍毕业照的时候，一个个镜头从我眼前闪过。初中毕业照是在七年前的5月29号拍的，子朋站在我斜后方，我们中间隔了不到五个人，他的脸高高仰起；高中毕业照是在四年前的 6 月 10 号拍的,子朋离我不远,他的模样一点没变,我的头发短了好多;大学的毕业照呢,我们不在同一个画面里,我们相隔的何止是几百几千公里……

  耳边恍惚响起张信哲的歌:"我们再也回不去了,对不对?"

用我永不凋零的胃口，换你半分的温柔
文 / 谢三少 ▸▸

"在那么多餐饭里，你陪着我直到散席。"

这样的人你还会关注吗?

2003 年秋天,十九岁的林默默穿着不协调的衣服站在一堆啦啦队队员中,显得有点傻。但这一点也没有影响她的热情。她拿出吃奶的劲跳着嚷着,物理系,加油,物理系,加油!

终于,物理系赢了英语系。

比赛结束后物理系的队长顾天青走过来问她,你也是我们系的吗?怎么从来没有见过你?林默默撇撇嘴说,我才不是物理系的。我给你们加油只是因为我前男友是英语系的,我不想看见他赢。顾天青大笑,拍拍她的肩膀说,走吧,一起去吃饭。

那天，篮球队有八个人，其中四个人带了女朋友，再加上林默默，正好是一桌耶稣与门徒的晚宴。

顾天青的女朋友苏明菲是油画系的女生，低头吃饭的时候一直用手握住头发，样子谨慎又好看。才吃了两口饭就捧着肚子说，啊，今天吃超标，要减肥了。顾天青一边递过去一杯茶，一边摸她的头，满脸是宠溺的表情。这种肉麻桥段篮球队的人都见得多了，谁也见怪不怪。真正让他们大吃一惊的是林默默。纤细的林默默，看起来不以为然的林默默，在所有人都放下筷子两小时后，还守着一锅冒着热气的火锅举着筷子奋力与食物搏斗。

后来小三携美女打着哈欠撤了，小四小五也联袂退席了，明菲说要睡美容觉也撤了，讲义气的顾天青没有送女朋友，留下来陪默默。他们围着一桌的热气相对而坐。埋单的时候顾天青问她，吃饱了吗？默默拍着肚子说，还成，六七分吧。

这样快意恩仇不矫情的女生，篮球队的一众兄弟都很喜欢她，渐渐混成了外联家属。球队里大多数人是大三，林默默低了一级，就成了所有人的妹妹。

爱到唇边却无法讲出

　　2004年，苏明菲去德国读艺术，顾天青的生活完完全全和兄弟们混在一起，吃饭娱乐，看林默默吃饭是最大的娱乐。小三和小四已经在拿林默默的食量打赌，貌似买得大的那个人总会赢，因为林默默一次又一次地突破极限。当她吃掉四对鸡翅两个汉堡三个苹果派一大包薯条，你以为她饱了，那就错了。她还能吃下一杯新地奶昔外加深海炸虾和一杯麦乐酷。

　　顾天青不跟着他们起哄，他只是坐在她身边，和她说说话，看她将一堆食物消灭于无形。华丽的晚餐后陪她去散步，绕着四百米的操场一圈又一圈地走。风总是凉的，天空有蜻蜓自由来去，看台上有窃窃私语的情侣，小篮球场有人在昏黄的灯光下练习三步上篮，林默默穿明黄色网面球鞋，每一步都在夜色里踩得招遥而明晃晃。

　　后来顾天青和小三小四小五一起毕业，穿着白色衣服告别青葱校园，留下在风里疾走的阔大背影，篮球帮哗啦啦解散，林默默也开始了懒散的大四生涯。学期开始第一件事就是换下寝室的小碎花窗帘，代之以双层密织缎面又加了遮光布的窗帘。寝室变得像个暗房，大四的默默像住在巨大的茧里，不肯醒来。

　　天青拿到第一个月的薪水，篮球帮重聚请吃饭。都在一座城市，聚在一起还是容易的。默默仔细地打量：一个月不洗袜子的小三开始穿西装打领带，而从来丢三落四的小四开始记得随身携带淡蓝色手帕。一入江湖岁月催，我们等不及地投奔一场巨变，等不及地与懒散的大学生活决绝地告别。天青却还是老样子，白色的T恤，牛仔裤，清清爽爽少年样。

　　顾天青选择了做老师，简单清贫的职业，与职场的纷扰无关。默默喝下大口大口的冰啤酒，有冰碎碴划过喉咙，沉默地疼痛，她想起未来和不可避免的离散，内心有些许惶恐和不安。

　　后来默默开始实习，主管大她十岁，十分热心，带她入行，事无巨细地教她。半个月后开始频频约她吃午餐或者晚餐。她看着对方四环素牙，心里滋生巨大恐惧。熬了半个月拿到实习鉴定便火速辞职，从此和对方再无联系。

你的温柔怎可以捕捉

旧人同城，总有新消息传来。小三交了新的女朋友，小四准备买房。而顾天青，敌不过大西洋的距离，和苏明菲分了手。她新交的男朋友并不是有钱人，只是柏林太冷，贪图在一起的片刻温暖。据说分手的越洋长途里她泣不成声，他沉默一如冰冷雕塑。

默默不去劝他，只是约他出来吃饭，热气腾腾的自助火锅吃足六小时，她想，心里的那些寒气，也总该驱散一些了吧。有的时候和顾天青在街边走，人还是这个人，笑还是那样的笑，她却知道，到底有些什么不一样了。在这个英俊男人身上，某些明亮开朗的部分，随着苏明菲的离去，瞬间消失。

后来顾天青发狠，跳槽进了一家电子产品公司，从事研发工作。旁人每天的工作时间充其量十小时，他可以达到十六小时，没有周末，完全忘我。法籍技术顾问十分赏识他，渐渐给他负责更大的项目更重要的工作。

再约默默出来吃饭，便带她尝试那些穷学生不可能吃到的东西，明亮刀叉，会说流利外文的侍者，食物未必真的味道好，声名远扬倒是确实。默默的胃口一如既往地好，他一说，她便笑，没完没了。

　　有天她打电话给他说，师兄，带我去吃外滩三号吗，听说那里有正宗的法国菜。顾天青欣然应允。晚上七点，天青到楼下，发现默默居然穿着黑色晚装来赴宴，瘦了一些，脸色有种清透的苍白。天青还来不及诧异，默默便走过来挽住他的胳膊，对着他笑。靠窗的位子能看到气势恢宏的夜色，一天一地的繁华。默默第一次吃得很慢很小心，天青笑她拘谨。她说，难得吃一次人均一千块的晚餐，当然要对得起这优雅的环境。开了支 95 年的红酒，与窗外夜色对饮，讲讲校园琐事，仿佛闻得到当时当年的青涩气息。

　　后来天青送默默，陪她拦计程车。车门打开的一瞬间，默默回身抱住他，久久未能言语。

　　车到徐家汇，照例是漫长的红绿灯。美罗城的巨大电子告示牌上，正放着黑人牙膏的广告。她就那样看着，看着，眼泪一滴一滴落下来。

有谁听到舞者的独白

我是林默默,喜欢一个人,喜欢了四年。他有很整齐的牙齿,笑起来像云开雾散露出了蓝天。大一的时候刚离开家,日子太空虚无聊,每天除了喝水就是吃饭看书,毫无乐趣可言。于是轻易爱上一个打篮球的大二男生。他住在我对面的楼里,每天从窗口可以看见他,晒衣服收衣服,用纯净水浇灌很小的绿色植物,呼朋唤友去吃饭,马马虎虎地洗脸,晚上回寝室晚了会和别人抢开水……周末了把白色球鞋洗干净晒在窗台上,有种懒洋洋的洒脱。几乎没有理由就已沦陷。谁让三月的春风里,他笑得这样好看,颗颗牙齿都雪白,跟黑人牙膏广告一样。从来没有英语系的前男友,谁也没有。自从看了人生第一场篮球赛,我心里就只有这一个人。

顾天青,我那非人的食量,一开始是为了吸引你的注意,后来是为了换取片刻的单独相聚,再后来,它和你的悲伤成正比。那一年,苏明菲和你分手,我勇敢地开始挑战自助火锅。我们吃了整整六个小时,六小时,三百六十分钟,粉丝鱿鱼羊肉牛肉青菜蘑菇统统倒进胃里，塞得胸腔无法喘息。我似个小丑，以大张的嘴、奇烂的吃相，博你一笑。你笑得勉强，我看来悲伤，却并不妨碍我努力演戏，每一秒钟我都在看你，你眼里郁结的忧伤，是否清淡一层。哪怕乌云只散开一秒，我也为此觉得欣慰。

在你失恋的那些日子里，我频频挑战食量极限，好像我吃得开心，你才愿意展颜一笑。我常常一到家就吐得稀里糊涂，这些，你从不知道。

三个月前，因为剧烈的胃疼我去医院做胃镜，死去活来。医生说我有严重的胃溃疡伴有出血，需要做胃切除手术。我拖了两天，吃完我生命里最后的丰盛晚餐，然后去医院切掉了我四分之一的胃。

从此，辣子鸡的欢喜、小黄鱼的鲜美、银耳汤的甜蜜，我统统不能尝到。我把那些都封存在记忆里，作为青春的见证，在那么那么多餐饭里，你陪着我直到散席。你只对着我一个人，你的眼睛对面只有我。像是一场旷日持久的拉锯战，我用我永不凋零的胃口，换你的半分温存。

顾天青，我用我茁壮的胃口来爱你，我用我所有的小聪明小伎俩小把戏来爱你。我用我苍白愚蠢的青春来爱你。

而从此以后,再无以后。

　　明天,我将搭乘早班机去重庆。我要换一种生活,把我四分之一的胃,和年轻时最完整的爱,留在这座城市。

◆

那些
记忆里
　的人

终　将
　　与你
背道而驰

· 第二章 ·

雍和宫前与君三愿
文/优游 ▸▸

"他总是偏执地相信一句话,那就是所谓的缘定三生。"

每个人都似有深厚背景，无限河山

程细细永远记得王蓬跟她说的第一句话。虽然他总是淡淡地回应，哦？你确定是这句？

他确实没理由印象清晰。程细细之外，宏羽广告公司不知道有多少女员工，以与"王总监"说话为荣。这个人身上承载了太多浪漫的传奇，其一是，他第一天来面试，众人便纷纷惊艳："嘿，梁家辉来了！""胡说，明明像TVB小生林峰！"总之，乱花渐欲迷人眼，面试官的判断力，完全屈从于群雌的喋喋不休。

第二个小道消息，是老板对他的倚重，客户指定非王蓬的方案不用；更有消息说，王蓬的老爸，在浙江拥有数家工厂,他却放弃小开生涯,宁可混在北京,为两万月薪拼搏。

这么帅、这么款又这么践!以上种种,构成女花痴们喜欢他的全部理由。

只有职场新人程细细在复印机旁心如止水。她深知公司里卧虎藏龙,每个人都似有深厚背景,无限河山,她要求自己对每位前辈都有求必应、笑容温婉,平安无事地度过试用期,然后,每一周、每一年。

与同龄的女孩子相比,程细细的优点是从不做梦。

可是命运不肯放过她。

一天,她奉命给王蓬订一份比萨,敲门时,那人正与策划部经理沙宝仪八卦新看的《断背山》。"感觉很垃圾,实在搞不懂一个寒冷的夜晚,两人睡在了一个帐篷里然后便厮混在一起。"宝仪说。

王蓬没说话,对着空气吸吸鼻子:"程细细?是你?你怎么能用这种廉价香水?兰蔻奇迹才适合你。"

刹那间,程细细愣在当场。传说中高高在上的男子第一次同她说话,以这样一种屈辱的方式猝然降临。

佛祖,我有三个微弱愿望

"不,我永远不会想要那些奢侈物件。"晚九点,细细回到二十平方米的租屋内,男友洪驰还没睡,对着电脑编程。看着他宽厚的背影,有个小小的声音在心中响得亮堂,拥有现在的生活,我很满足。

按她的预算,如果这月发饷,决计不考虑香水。要多买一件衬衫,这一整个夏天她都只有两件衬衫度日,洪驰也该买双球鞋。一瓶兰蔻奇迹,50毫升,550元,占去了薪水的1/4。富家子弟不会明白,父亲早逝、母亲多病的细细,十年来是如何以过人的努力赢得自己想要的一切,只有一句赞美她争取不来。那就是,秀外慧中。

别误会,程细细绝不丑,她只是——太过于"平凡"。但对青春期的女孩子来说,有什么比平凡更崩溃、更恶毒、更能打击人到体无完肤?所以,当洪驰说"我爱你"时,她一把抓住、毫不迟疑。很久后才有胆子怯怯地问:"你爱我什么?"

"我真的觉得你很美丽啊。"理工科男子憨厚地答,"你知道吗?从小到大我从没中过奖,连肥皂、洗衣粉都没中过，我一直很努力地攒人品，碰到你，是我人品最大的一次爆发。"这样至诚的话语，足够让细细以身相许。

每年农历 2 月 19 日，观音圣诞，细细都独自一人去雍和宫还愿。她已经一连五年来这里许愿、还愿，佛祖真的有灵。善男信女很多，有人虔诚地四肢伏地，一拜二拜三拜。她径直拿三支香，去拜最高的弥勒木佛，这宝相庄严的佛祖，总高 26 米，地下 8 米，地上 18 米，手持哈达，顶天立地，世间再难找这样的雄奇壮观。

酒后与君三愿。细细自言自语道，佛祖，我有三个微弱愿望，请你成全——

一、工作顺利。

二、妈妈身体健康。

三、与君安好，永世幸福。

自始至终，她卑微地、反复地祈求的，只是这三样祝福。当这三项均已实现，她还有什么理由不满足。

**对于此刻的一个女子，
那多半是因为兴奋、仰慕和幸福**

佛祖再度显灵。

试用期第七周，沙宝仪喊细细到她的办公室："有没有意向到策划部来？我拜读过你的文章，做文秘实在太委屈。"她说话样子怪异，像一台复读机，把别人输入的话照搬出来。

当然要去。细细张开双臂，机会当前，她才不会迟疑。

如果说此前与王蓬不知道隔了多少大陆、多少冰川，如今冰川少了一座。起码每周例会，两个部门要碰头一次，王蓬站在会议桌的那一头，笑眯眯的神情，每周都会见到。

只有一点。

本以为他的口才和他俊朗的外表一样，行云流水。然而上苍是公平的，王蓬说话的速度明显跟不上思维的节拍，有时在小白板上都画出了构思，"配音"却明显滞后："这个……客户的要求……我们会采用 3D 的方式……"

老员工们浑然不觉地凝神倾听，新人细细的唇边，却偷偷地绽开一丝笑意。不料，王蓬一眼抓个正着："哎，那个……那个程细细！你笑什么？有什么好意见，提出来？"他要给细细难堪吗？却恰巧给了她一个展示才情的机会。细细天生一副演讲家的气派，阐述起方案头头是道。赶上老板也在场，不断点头。"不赖啊，抢了我的风头。"演示会结束后，王蓬走到她身边，似笑非笑的神情再度浮现于明亮面孔上。身上还散发着淡淡幽香，似一个氤氲气场，让人情不自禁想向深渊坠落，"有没有兴趣调过来，做我的女助理？"

机会来了，真是挡也挡不住。

做助理的第一个月，上海 office 有一个小组来办事，里面有三个上海女孩，当着细细的面用上海话大聊特聊；晚上，接待日本客户，这三个上海女孩都会日语，满桌"咪西咪西"飞扬。细细被完全孤立。王蓬缓缓踱过来，脸上挂着迷人的微笑，冲那三个热爱异国的女人举杯说道："A votre sante！（法语）"她们愕然。他继续，"Salud！（西班牙语）""Prosit！（德语）""Skoal！（瑞典语）"直到那些脂粉失去颜色，王蓬才微笑着，以标准得无懈可击的普通话说："祝您健康！"

"我只想让她们知道，多会几种语言没什么了不起。"驱车回家的路上，他笑着告诉她。

借着黑暗的掩饰,她不敢说话,怕一开腔就会泄露所有的秘密。战栗常常来自于恐惧,但对于此刻的一个女子,那多半是因为兴奋、仰慕和幸福。

飞流直下三千尺,不及汪伦送我情

不,不可以。周末收工回家,细细的另一个自我又爬出来,摁倒白旗。

她一反常态地揪住洪驰叽里咕噜:"明天我们去买件衬衫。"嗯哪。"要不就去八角游乐园玩过山车?"嗯哪。"我们公司给我加薪啦,那个讨厌的设计总监,也表扬我了。"提到王蓬时,她顿一顿,他依然只是嗯哪。"我们之间不能多些交流?"心虚的女子史无前例大发作。

"你早就知道我不会说话。"洪驰摸不着头脑,他正忙着给打工的公司出活儿,温柔的女朋友这么震怒,头一次看到。他小心翼翼地试探,"要不去看电影?《霍元甲》?""好。"她心不在焉,完全没看懂这是武打片还是情感片,只记得电影结束时有一些字幕,好像是孙中山的题词"尚武精神"。洪驰大声地念,声音充满了迷惑："神——经——无（武）——上（尚）？"于是，细细连同全场观众一起晕倒，想把他拖出去斩了……

　　为了逗细细开心，洪驰史无前例地给她背唐诗，李白，《望庐山瀑布》。"日照香炉生紫烟，遥看瀑布挂前川。飞流直下三千尺……"最后一句石破天惊，"不及汪伦送我情。"

　　细细大声笑起来，笑得太厉害，眼泪就跟着出来了。

　　洪驰是世间第一个说爱她的男子，是她在佛祖前求了无数次的人。这理科男带来的单纯快乐与王蓬的诱惑，全然不同。后者是一种奇异的、原生的、精细的力量，激发体内每一个DNA热气蓬勃。

　　夏天的月光洒下来，照在细细平实的生活上。她告诉自己，不能再丧尽天良了，不能贪得无厌，否则，佛祖会惩罚的。

她说得那么镇定，他听得那么从容

　　夜晚检讨，白天贪恋。

　　与他相处得越久，细细悲哀地发现，她做不到望峰息心。

　　王蓬说："你帮我查一下宝洁公司的资料，我需要研究一下他们今年的产品设计主题。"于是，她熬一个通宵，帮他攒齐厚厚一大沓资料。

　　"你陪我去成都出出差吧？那里好吃的东西太多了！"

　　她视"辣"犹如洪水猛兽，却一口答应下来。她不肯放弃与他一起坐飞机、一起住酒店，然后在隔壁房间聆听他心跳的机会。

　　只隔着15公分的墙壁，她应该满足了吧，这正是她孜孜以求的与他的最近距离。再无其他。除了有一天他来敲她的门："借我牙膏。什么五星级宾馆，牙膏米粒般大小。"她拿了给他，他仍站在门前不走，似有多余的话要说，眼睛里的笑意，让她的心怦怦跳。末了，人家只不过说，"早点休息，明天的材料我都准备好了。"看，异性出差的浪漫插曲，永远不会在自己身上降临。

　　细细恨自己的贪婪。

　　"要不要听听我的MP3？"他说，"林俊杰的《曹操》，很好听。"她摇头。他又问，"你怎么了？和你男朋友吵架了?"

只能说是。不然,还告诉他真相不成?说自己一直在良知与欲望之间踟蹰?如果程细细是倾国倾城的女子,她会有胆子,哪怕承担背叛的骂名。但上天早已封杀了这个可能,不管坐得多么近,就算一不小心就能触到他的手,她也清醒地意识到自己与他的天差地别。

2005年1月,从成都飞回北京的国航1408号飞机,一个容貌平凡、掉进人堆里就找不着的女子,向一个骨骼清奇、气宇不凡的男子,诉说自己与另一个叫洪驰的男子之间的爱情故事。她说得那么镇定,他听得那么从容。

一切波澜不惊。

MP3里,哪里有他说的《曹操》

从成都回来一年后,洪驰与程细细完婚。他研究生毕业了,而且找到了足够好的工作。足够好的意味是,交得起房贷、车供、给老婆买得起心仪的香水与化妆品。足够好的意味是,一个好男人与一个好女人在一起,彼此珍惜。

细细没有通知原公司的同仁,事实上从成都回来后一个月，她就跳槽去了另外一家公司。她不想触景生情。

那是风和日丽的一天，她接到了宝仪的电话："细细，我发现了王蓬的MP3，他去泰国前落在了抽屉里。"

他撒了谎，MP3里，哪里有他说的《曹操》。从2005年4月到2006年2月，一个男子以纯正的国语述说了几个月来的心情，这仿佛绵延了一生。

以最近的心情为起点，因也成了果，果便成了因：

2006年2月25日，决定去泰国玩玩。每次度完假，我都会重新变得高兴。

2006年1月14日，为什么今天才问她有没有男朋友，天蝎男王蓬从来不畏惧"情敌"这个词，但她平静坚定的眼神，让我忽然想尝试一下，从三万五千英尺高空往下跳。呵呵，不可能。

2005年12月，跟老板说了，下次带细细去成都。虽然她胆子比较小，很多时候还很傻。就像那次，被三个上海女孩气得手足无措。其实，我好像也好不到哪里去，程细细第一次参加我们的会议，我开始口吃，我居然为这个黄毛丫头口吃，有必要找心理医生问问，这是什么症状？

都是 我们的事

2005年11月，在公司里见到程细细。她冲我大吼大叫了一番，说我一开口就侮辱她。难道女人不懂得什么是真正的赞美？

　　更何况，这绝对不是我对她说的第一句话。

　　2005年4月。在雍和宫，碰见了一个非常奇怪的小女人，她傻里傻气地在佛祖前许下了平生三愿。搞笑的是，她所说的话竟然与我在一分钟前说的一模一样。

　　离开时，我轻轻说了一句，嘿，会实现的。

不管她听没听到。

从小到大，超男王蓬轻易地得到许多又轻易地丢掉，好像有些一直想要的，但总也找不到。由此可见，此人骨子里其实是个特别愚蠢的人，他总是偏执地相信一句话，那就是所谓的缘定三生。

纷纷扰扰,是彼国的月亮
◂◂ 文 / 闪闪

"没有我的 Morning Call,他也不见得迟到。"

第一段感情

Leo 是大学的 97 级学长,然而不仅此而已。我们曾经数百次分享裸麦面包蘸浓郁花生酱的早餐,数百次我抱着两人份的课本坐在他的自行车后座去上课。

一年夏天,有两个外籍教师的女儿来探望父亲,Gallit 先生的女儿是美丽纤瘦犹如天使的 Angelica,副校长 Nelson 博士的女儿是一百五十磅重,娃娃脸的 Marion。她们总是同进同出,Angelica 不能少了 Marion 的陪衬。托 Angelica 的福,Marion 也结识了一些意图从她这里迂回进攻 Angelica 的男生。

那阵子 Leo 正着手准备毕业论文,每次从指导老师的家里回来总是深夜。有人告诉我,他去的是 Angelica 的家。两年以后的某天,我出门前喷香水的时候,突然醒悟到那时 Leo 衣服上带回来的香气就是这种 Christian Dior 的 Dolce Vita——"甜蜜的日子"。没错,也就是在小说里"轻舞飞扬"用来洒香水雨的那种。那时 Leo 告诉我这是导师家的空气清新剂的味道,我居然相信了。

我喜欢吃豆豉鱼头顶心上那一小块肉,Leo 总是把它挑出来喂我。有天我们在学校旁边的餐馆吃饭,Angelica 面带怒容地拖着 Marion 进来,就在我们旁边拣张桌子坐下。豆豉鱼上来了,我看着 Leo。他没发觉我的视线,心事重重地扒饭,信手挑出鱼头顶心那一小块肉——漫不经心地吃了。

"你今晚还要去导师家吗?"

"啊?"

他惊醒过来,说:"是。"

酸楚已经哽到了喉头,但我的表情还是一贯的微笑,无懈可击。我甜蜜地轻吻 Leo 的面颊,说:"好的,你去吧。"那一秒 Leo 像触电般颤抖了一下,之后是更深的缄默。Angelica 和 Marion 很快吃完走人,经过我和 Leo 的桌子时,Angelica 挑衅地逼视我的眼睛,Marion 老老实实像头熊跟在后面。我只管喝汤。

宁可辜负了你

那天夜里 Leo 没有回来，我在出租屋的电脑里发现了他寄到巴黎大学的申请信底稿，推荐人是 Marion 的父亲、副校长 Nelson 博士。我关了灯，打了通宵的游戏。天亮的时候我的手机响了，是 Angelica，她说，Marion 怀孕了。

一整夜我吹口哨，吃新鲜草莓，打网络三国。我确实是平静的，虽然 Leo 彻夜未归。可是 Angelica 的一句话摧垮了我，不是她，不是美丽的 Angelica，怎么可以是那个相扑选手身材和浮肿脸孔的 Marion！

秋天，我升大学二年级，Leo 和 Marion 结婚了。婚后他们靠 Nelson 博士的推荐一起到巴黎进修。Marion 的肚子已经很大。Leo 一直从巴黎来信，我不曾回复。

相隔半年，大三的春天，我收到 Leo 从南部非洲国家 Lesotho 寄来的信和明信片。在那片大陆上他遭遇过政变、枪战，被非洲象追逐，而在这个电话号码只有六位数的弹丸小国，他参加了国王的婚礼。隔着十二万五千公里，几近半圈赤道的距离,他写道:"非洲广袤而色彩浓艳。这里晚霞铺天盖地,仿佛世界即将在火焰中化为灰烬。今天国王举行婚礼,晚宴的主菜是烤肉,国王黑色的脸上堆满笑容,他和他的新娘会幸福地生活下去。可是我的幸福已经消耗干净了。到巴黎之后,Marion 很快生下了孩子,一对孪生女儿。她们还是婴儿,可是一点也不像我。她承认孩子是大卫的。就是我们学校那年夏天游泳溺死的杜大卫。孩子们名义上的父亲还是我。上个月我们已经离婚了。希望你不要生气。我想说的是,即使是这样,我也还是不后悔出国。我不怨恨命运之类的东西。就算命运赋予了我选择的权利,我怕我也会做出相同的选择,我恐怕还是宁可辜负了你。"

第二段感情

陈楚始终很不像传说中那种名叫"程序员"的生物。他不戴眼镜,听得懂笑话,并且能够用笔,而不是智能拼音 ABC 来书写汉字。

陈楚是去年从北京来探亲而与我结识的。他说:"我从北京到你们那儿,好像是专程为了去把你捡回来。"

他回北京以后,每天早晨要我打电话叫他起床。偶尔我睡迟了,九点五分一定有他的电话来抱怨:"今天我又打车上班啦,你这个当闹钟的一点也不称职。"旁边有翻动文件的声音,有键盘的敲击声,同事凑过来说:"哎哟,陈楚,一大早就跟你们家宝贝儿报到啊!"陈楚把手机夹在肩上腾出手去一边跟同事厮打,一边说:"别嚷嚷,我正教育她呢不是。"

次日早晨六点,我借来的三个闹钟相继响起。我以无比坚定的毅力和决心鱼跃而起,而后端正地坐在被窝里干等到七点十五分打他的手机,响了五声按惯例准备挂掉的时候被他接了起来,睡得很混浊的声音说:"宝贝,求你饶了我吧,今天星期六……"

我生日,他寄来瑞蚨祥老字号桑蚕丝蓝底描金折枝兰花兜肚。我单穿着,裸露整片从没见过阳光的脊背,配条墨蓝色工笔龙纹印尼绸长睡裤,在宿舍里横行了一个夏天。桑蚕丝轻盈滑腻,质地就像一个恰到好处的拥抱,我穿着它,用我的皮肤思念陈楚。

追逐女人但逃避婚姻,是大部分年轻男子的本能。然而很少有人像陈楚一样立场坚定。陈楚间歇性地会变得十分忧郁。那种时候他经常要求分手，说："我们是没有未来的。"他的忧郁和别人不一样，不是寻求安慰，而是待人待己都异常冷酷。他说："你就像是养在家里的猫咪，我一天忘记给你梳毛，忘记给你打上蝴蝶结，回来晚了，你就赌气躲起来。而我偏偏是个努力去享受世界的男人。"

我从来没有告诉过你，我打算出国

他回北京之前，我们约在时常见面的 Blue Banana。陈楚喝着南欧杂菜汤，蹙眉说道："我打算三十五岁就辞职退休。""那之后呢？你要做什么？"我正专心地和橄榄鲔鱼奋战着。他说："在死海游泳，骑玻利维亚的高原小马，最后死在乞利马扎罗山顶。"

我咳嗽起来。陈楚继续说："我不想活得太老，我希望我在旅途中意外死去的时候，人们看着我的遗体，能够由衷地说'他还那么年轻'。"那真是一种奇怪的感觉，一边享受充满异国香草气味的菜肴，一边看着一个健康、高大、有生气的二十六岁男子饶有兴致地盘算自己的死亡。

他是我所见过的享乐主义者中最为纯粹的一个。

第一次他说要分手的时候,我半夜坐在宿舍走廊哭到四点半,咬着手指,为的是不发出声音来。过两天,快递寄过来一盒卡带,全是陈楚自弹自唱的情歌民谣。如是两次三次,我居然也习惯了,还能跟着接腔说:"我教你啊,死还不容易,对着雪山大声嚷嚷,特别容易引起雪崩呢。"接着挂掉电话去做下星期才交的跨国经营作业。

终于有一回干脆分手了。没有我的 Morning Call,他也不见得迟到。过了半个月,他打电话到我宿舍。我没听出来是他,他说:"怎么,一下把我忘干净了?"

我大声说:"您拨打的电话无人接听,请稍候再拨。"

"宝贝,对不起……对不起。"

我沉默。

"我太自私了。我不该把坏心情发泄到你身上。"

我继续沉默。

"我从来没有告诉你,我打算出国。"

"你从来没有告诉我,你打算出国。"我像鹦鹉一样学舌。

多么残酷的话,也都抵不上这一句,像羽毛一样犹疑着轻柔地落下来,却可以把顽石打得粉碎。

从这一刻，我们结束了。

他辞去了月入八千元的工作准备 2002 年 2 月份的 IELTS 考试。中介公司骗去了他八万块钱，他在出租屋里窝了两周，喝掉五瓶红酒三箱半啤酒，抽了整条 Marlboro 香烟。Marlboro 据说是 "Men always remember love because of romantic only"（男人仅仅因为浪漫才记住了爱情）的缩写，这样的一句话，我真应该早点明白。

永不下雪的天空阴沉地压下来，我走出茶馆。手机短信息响了。刚毕业于上海财大的同学甲给我发了短信息，请我去上海玩："要就趁今年，明年不知道还在不在国内了。"

"去日本吗？"甲的女友在大三退学去了东京的一间女子大学。

"不，新西兰。"

空白的平原上，我站在原点。无数道路在面前展开，单行道，有去无回。身后的土地在溶解，我们必须前行。假如过十年再聚首，我们共同的最鲜明的回忆，恐怕只有国际候机大厅，却消失了爱的影迹。

告别的年代里我一个人哭。

都是 我们的事

北京城有九百万辆自行车
文 / 薄蓝 ▶▶

"我发现自己像向日葵一样具有向光性。
我没有办法不爱她。"

骆琏城走在哪里，光在哪里

见到骆琏城的那天是星期五，下雨天，阴阴的天空里隐约有一种奇异的光线，回想起来，仿佛就是舞台上打了追光灯，又仿佛是，少了这样一束光，骆琏城就没法出现。她是有这样一种气派。

那次到北京是出差，事情做完，几个兄弟一边在路边等车一边商量着晚上到哪里娱乐，十步开外有个女人也在等车，她转过头来的时候，这边有人叫了起来："咦，是你啊！"

她就是骆琏城。我记得她那天穿着件超大的灰白衬衣，撑一把黑伞，也没什么修饰，不知道为什么，却在我脑海里留下一种隆重华丽的印象。而她等车的样子气定神闲，绝没有下班高峰的图穷匕见，倒像是确定有辆车必会悄无声息地停在她的脚边。那是女王在等她的黄金銮驾。

她被盛情邀请参加了我们的娱乐活动，于是当晚的气氛明显升温，他们都对她说了很多的话，而我这个唯一的外地人成了外人。后来我振作精神和她合唱了一首《北京一夜》，本来这首歌我唱还可以，那天却唱得神惊鬼泣，最后骆璩城一人分饰两角唱完了它，获得了雷鸣般的掌声。

她的笑声非常动听，笑容美过春风。

散场的时候我走在最后，心里莫名烦恼。雨已经停了，可是到处都闪闪的，是湿的光，骆璩城走在哪里，光在哪里。我后悔晚上没有直接回酒店看电视睡觉，我宁愿这次到北京仍然是一次没啥说头的普通出差。忽然她转过身来，看着我说："你不是住汉庭酒店吗？我们俩一起走。"我差点绊了一跤。

"好啊！"声音太大，自己都吓了一跳。

在车上她问我在北京都玩了些什么地方，听说我只去过长城和天安门，她无比同情地回头看着我，说："明天我带你转转吧。"

夕阳的光跟着她，我跟着她

第二天一早，骆琎城在酒店大堂等我，一起来的还有一辆自行车。自行车使我非常喜出望外，因为只有一辆。

我骑车，带着她出发，车是旧山地车，骆琎城坐在前面，一路哼着歌——骑车带人要画面好看，只有这一种坐法。秋天的微风扑扑地钻进我的外套她的长发，她不跟我说话，只哼歌，这一点我也非常满意，说明她跟我在一起非常自在。可是由此想到前一晚大失水准的合唱，脊背又一阵出汗。

胡同很多，地形复杂，导游很不专业，到了路口她总是随手一指，基本就是一台质量可疑的导航仪，还不如导航仪爱说话——而我竟然不觉得累。我们一共钻进死胡同四次，我毫无怨言，她面无愧色。我终于发现她对北京的胡同其实也不是很熟悉。

后来我们就彻底迷路了。时间已经是下午，我们停在一家写着"国营"的信托商店门口，橱窗里满登登地摆着老式的座钟、木头壳的黑白电视机、老相机、带摇把儿的唱机、手风琴。有一只里面开满了艳丽小花的水晶球镇纸，她很想买下来,因为她小时候也有一模一样的一只。可是商店不开门。

有人推过来一架小吃摊,她要了几串臭豆腐,我们坐在台阶上,一手一串吃着,骆琏城问我:"你看中这店里的什么?"我指指那台电视机:"我家以前有一台,一模一样,我怀疑如果买回去,放出来的节目都还是小时候的那些。"

她笑了:"有可能。"

我们说了很多小时候的事,我曾经失足跌落在井里,她则常常掉进各种各样的池塘。

小吃摊吱吱呀呀地推远了,而自行车沙沙地跟着我们。再往前,小胡同里竟然出现了一所禅院,有小小的树林,枯黄的落叶底下草很深很绿,绿色的深处还有昨天的雨。鞋很快湿了,她索性赤脚踩了上去。她的脚很瘦,沾上了黄的碎叶、黑的尘屑,然而她还是深一脚浅一脚兀自往前去。金色透明夕阳的光跟着她,我跟着她。

我发现自己像向日葵一样具有向光性。我没有办法不爱上她。

她看看我，仿佛看穿我的用心

天黑尽后骆琏城找回了方向，决定要到前门吃小吃，我在她的指挥下奋力穿过南板桥胡同、东四六条、钱粮胡同、五四大街。长安街灯火通明，有人在天安门广场放风筝。很远的地方有个人在对我们喊，喊什么我一点也听不见。

我一边蹬车一边努力回想，曾经那些关于爱情与生活的理想，一条一条，平凡具体，没有一条与骆琏城有关。而骆琏城，即使在昏黄的路灯下她也是通透的发光体，光太强，我怀疑凡是被她照耀着的她都看不见。

"到了。"她向着招牌微微一偏头，"爆肚冯。"就算是介绍过了。等菜的时候我故作随便地问她："说说看，你未来有什么打算？"她看看我，仿佛看穿我的用心，使我心脏一阵紧缩。她的答案非常具体："下下个星期天，GMAT考试，应该会考个高分，之后申请学校，沃顿商院你知道吧？我想上这个。出去之前再把车牌拿到。之后上学，在美国工作几年，然后嘛，再看情况吧。"

具体，而且遥远。沃顿商院，全球排名第一。这答案令人沮丧。没有人能战胜沃顿。

我能做什么呢？跟她说，别去了，为了我？笑话。

回去的路上她坐在后座，头靠在我背上，她说："好累。要睡着了。"就没再说话。导航仪罢了工，我只好自己乱走，青风夹道，烟袋斜街，著名的东交民巷，煤渣胡同，还有不知道名字的路和死胡同。她悄无声息，我想她是真的睡着了。我骑得很慢，她的手臂环抱着我，令我一路努力收腹，没敢使劲呼吸。

一辆洒水车经过了我们，播放的音乐比上海的更有人世的味道。已经是清晨了，四周都是雾。骆琏城咳嗽了一下，问："这是哪里？"

我没有说话。

我在哪里，我不知道。再往前是三千里华丽江山，我看见了，可是我到不了。

我只是这个世界的偷窥者

2007年元旦，朋友约我到正大广场吃饭，之后逛到八楼的书店，经过满满一架GMAT参考书时，我停下来看了一会儿。逻辑、语法、阅读、数学、写作、官方指南、大全精解。我翻开一本逻辑推理，朋友凑过来问："看什么呢？"我念给她听："A only if B，可以表达为 A→B，而 A if only B，则表达为 B？A……"她大笑："神经病。"

我合上书，看着它回到原处。所有这些无比绕头又天真得让人伤心的小花招，骆珔城应该全部了然于胸了吧，这个时候，她应该已经完成了商学院的申请，在考驾照了。

那天从北京回上海，骆珔城没有送我，因为她向来讨厌送别。她要回家睡觉。飞机在上海落地，我就把手机里有关她的东西都删了，她的电话、她的照片，有一张是早晨的雾霭里，她穿着我的外套，脸庞看上去懵懂迷茫，让人怀念。还有她替我拍的几张，我很不满意，我曾经笑得那么开心，是因为有她的光照耀着我。删掉。删掉。

我一直以为我挥刀断水斩得漂亮，可是就在新年的第一天，往事竟然如潮水全部涌上心头。路过一家驾校的报名点时，我鬼使神差地走进去报了名——必须承认，无论学习驾驶有多少正当的理由，我当时的确只有一个念头。

骆珔城，在你庞大精密的人生规划里，唯有这一件，我可以跟你一起完成。

〜〜〜〜〜 都是 我们的事

从此我每个周末跟着胡师傅，听他讲车讲女人，抱怨公司数落老婆，晚上则流连在网上，偶尔会到最热的GAMT论坛看看。我原先以为这种论坛一定很无聊，结果却吃惊地发现这里有罕见的人情温暖，似乎所有跟GAMT有关的人都在这里，从大牛到菜鸟，从考试到人生，所有的疑问和了不起的答案，都在这里。复杂得让人头疼又天真得令人伤心的世界，她的世界。我只是这个世界的偷窥者，在不属于自己的地方流连不去。我像向日葵一样贪恋这点温度和光线。

那天练车极为不顺，打错方向撞倒杆，死火无数次，胡师傅正骂得痛快，看到停车场边竟然站着师娘———辈子没正眼瞧过师傅的师娘，破天荒地来接师傅下班了！突如其来的幸福使师傅眼睛都湿了，对我的评价也发生了不负责任的扭转："今天你练得蛮好，准备准备，下趟就让你考掉！"

师傅的幸福使我倍感孤独。我忽然发现，已经是春天了。

她已经用她的方式告了别

那天晚上我忽然决定在论坛上说说我们的故事,从那个雨天开始,没想到回应的人越来越多,分析起问题来个个都思路清晰言之有物,不愧都是被 only if 和 if only 折磨过的。忽然有个人说:"等等!楼主说到信托商店让我想起另一个人的帖子,翻翻去。"不一会儿他贴上来一个链接,我打开了。看第一句话我就知道,是骆琏城写的。

她考了 770 分。

她拿到了沃顿的 offer。

她考到了驾照。

她已经考到了驾照,而我至今还在跟大饼和单边桥斗得难分难解。这让我耿耿于怀。她连学车也比我快这么多,是因为她一心向前,我却不知道我要往哪里去吗?

她的帖子主要是分享她准备考试的心得以及成功申请沃顿的经验,非常详尽,只是末尾的时候她忽然说了别的:

> 过两天就要走了。今天偶然路过那间信托商店,我曾经看中的水晶球没有了,可是我固执地要带走一样东西,就买下了那台老黑白电视机,

我想看看它还能不能放出二十年前一个小男孩看过的节目。

　　对于一个即将远行的人,没有比这时候添置家电更荒谬的了。所以第二天,它又回到了信托商店,和我其他的家当一起,包括我的破山地车。最终就是这样,不管我想还是不想,反正什么也带不走。

　　我对它们是这样恋恋不舍,尤其是那个新朋友,虽然它只在我家待了一晚,并且根本没有打开过。

她的帖子浏览过千,而她再也没有出现。我知道她不会再来,她向来讨厌回头。在严肃的话题后面她说了水晶球、电视机和自行车,她已经用她的方式告了别。

这场不期而遇使我鼻尖酸楚,而论坛沸腾了。大家放下逻辑精解和语法大全都来八卦,很快就有兄弟分析出附近有禅院的信托商店应该是北新桥那家,另外一个老兄像唐僧那样简洁地说了声"我近,去看看",就自说自话地消失了。

　　他们完全不征求我的意见。

第二天那老兄上传了照片，的确是那个摆得满登登的橱窗，那天的座钟和手风琴都还在老地方，我仿佛看到窗玻璃上还留着她和我的身影。这位热心过头的兄弟对我说："那台电视机我让店主留下了。我猜到其实你想买下它，没错吧？"

不，你错了。当初我连照片和电话都没有留，难道现在我倒要添置这样一件家具吗？

我的手却自说自话地打出了另外的句子——

兄弟，你，看没看到一辆蓝色捷安特山地车？

我会爱你直到我死去

时间已经过去了很久，这段时间里我推掉了所有去北京的出差，甚至没怎么看奥运。然而2008年我躲不开这座城。电视里给自己起名曹操的美国青年心血来潮要全面介绍老北京，他说他每隔两天一定要去吃一次爆肚冯。这多么奇怪，中国人涌进沃顿，美国人只想守着爆肚冯。

那个GMAT论坛我也没有再进去，我在上面看到的最后一句话是："信托商店附近贴了通知，那一带要拆了。

店里没有山地车。"

那已经是去年的事了。

我几乎已经不再想起骆琏城,除非是,像今天这样的傍晚,车流照例堵在延安路高架,然而电台里忽然放起一个英国女歌手的歌,只一句话就已经让我不知身在何处:

> There are nine million bicycles in Bingjing
> That's a fact
> It's a thing we can't deny
> Like the fact that I will love you till I die
> 北京城里有九百万辆自行车
> 那是个事实
> 是我们不能否认的事实
> 就像我会爱你直到我死去

暮色中,我又看到骆琏城从前座回过身来,懒懒问道:"喜欢北京吗?"

春风再美也比不上你的笑

◂◂ 文 / 小周

"人生还那么长,世界又这么小,而你又那么热闹,总有一天我会找到你吧。"

你不止一次向我炫耀，昆明的天空出奇的蓝，蓝得就像把大海挂到了头顶上。你说昆明只有三种颜色，一种是天蓝，一种是翠绿，到了春天，就会被铺天盖地的花红所击溃。

苏明薇是个害人精

2003年1月的一个早晨你出狱，背着硕大的行李，站在街头东张西望。辽源是座小城市，可你发现你没有钱，也没有认识的人。你说那个时候只能想起我，于是赔着笑脸求传达室的老大爷让你打个求助电话，他不为所动，你嘴一瘪，哭着说自己不懂事，犯了错，在监狱里受尽了苦，现在想回家好好做人。你骗过了老大爷,他被你感动了,你抓起电话,眼泪立刻缩回去,冲着我大吼:"老周,我被你害惨了,快来带我回家!"

可是你记不记得,苏明薇,你才是众人口中的害人精。我们第一次见面时,我站在女朋友美灿身边,你把手伸向了我的口袋。

你一直认为,这世上只有两种人,不管在什么情况下,你把他们分为有资格或者没有资格。自以为有资格教育你的我,挂掉你的电话后,跟朋友借了车,晚半个小时到达小祁庄监狱。

你蹲在树荫下,将行李包上一根线头捻了又捻,连我走到你面前都没发觉。我咳嗽一声,你抬头看我,呆了一下,低下头去,很快又抬起来,小声说:"既然把我送进去,你就得负责接出来。"

其实苏明薇,我们总共只见过三面。那天我拧着你的手,让正在值班的队友送你上派出所。两个月以后我到监狱去看你,你知道了我的名字和电话,举手向天,哀号不已:"为什么……为什么我要去偷一个警察……"

都是 我们的事

猪是没有资格穿婚纱的

你住进了我临时租赁的公寓,警察的工资并不高,你嫌浴室不够大,嫌厨房不干净,嫌我下班太晚吵到你睡觉。在不足五十平方米的空间里,我把自己压缩到无限小,因为你还是个孩子,男人怎么能跟小孩子计较呢?

我和美灿的婚礼定在下个月初三,婚纱的腰身紧了点,美灿斥责店员不够用心,你从大幅落地玻璃窗后面探出头:"吃得太多了,猪是没有资格穿婚纱的。"

婚纱店的名字是"米兰的春天",玻璃把里外隔成了两个世界。你冻得青紫的脸庞让我不忍心说什么,虽然我想,如果我有这么个妹妹,一定会揪着她的耳朵逼她道歉。美灿问我你是谁,我说房客,她看了我一眼,意味深长。

美灿想得太多了,你才十八岁,即便你努力学着照顾我,却只能把事情弄得一团糟。

厨房里堆满了你好奇心下的残次品,从门口弥漫到饭桌。说实话,我不需要你为我做什么,我收留你,是因为——因为这世上每天都有人在丢钱包,有人在哭泣,有人歇斯底里,但只要你住在我家里,你就有了透明的眼睛和脸颊,像窗台上的玉兰花一样洁净,跟这个世界的混乱没有关系。所以每当你仰着脸问我你好不好看,我都会毫不迟疑地点头。你又问我:"犯过错的人是不是没有资格谈恋爱呢?"我皱起眉头:"这是谁说的,我要打他屁股。"

你哈哈大笑:"是神仙说的呀。"

要到很久以后我才知道,其实是美灿告诉你的。然而每个神祇心里都有一本账,是非对错,怎能因为一步踏错就永不原谅。你当然不是坏女孩,苏明薇。

我不太懂你的委屈

你果然很笨,没两天就闯了祸。

西城派出所的路方超是我的同班同学,要不是他给我打电话,我不知道你已经被关了五个多小时。路方超啧啧称奇:"现在的小孩子真不得了,把人家婚纱店的玻璃砸个粉碎,还不跑,在里面优哉游哉地试衣服……"

我替你签下保证书,说了一万句好话,又交了赔偿金和罚款。路方超说:"老周,这女孩自称是你的女朋友啊。"屋里的人哈哈大笑,我一言不发地走出派出所,你跟在我身后,拖鞋的声音踢踢踏踏。外面可真是冷,春天好像来得太晚了,我只穿了一件单夹克,忍不住打了个寒战。你喊:"老周,你是不是在怪我?"

"不,我不怪你,我有什么资格怪你,咱们俩非亲非故的。"

拖鞋声消失了,我回过头,你站在街道拐角处,身形单薄,黑影子扑簌簌落了一地。我说:"快走啊。"

你跑过来抱住我的胳膊:"老周,老周,我情愿做一头猪,猪都有资格穿婚纱,为什么我没有?"你尖利的指甲掐进我的胳膊,多多少少有那么点疼。我不太懂你的委屈,女人的心思太不可捉摸,你还是个小女孩,却已经让我感到有些累。

吃饭的时候我试探着问你:"不然我送你回昆明吧,现在南边天气好,北方太冷了……"

你朝我笑了,唇红齿白,我窃喜,以为谈判达到目的。随后汤盆水碗砸上来:"周明远,你始乱终弃,要不然当初干脆就别收留我!"

我不可能保护你一辈子

那天夜里我抽完了第十二根烟，偷偷地把烟蒂埋在了花盆里。美灿不喜欢烟味，而且我也想知道，被烟熏透的玉兰花会不会产生变异。睡梦里我听到压抑的哭泣声似远似近，可我没有动弹，暗暗盘算着有没有直达昆明的火车。

你摸黑走过来，准确无误地摸向我的嘴唇，像是准确无误地打开一户陌生人家的锁。我装睡，你轻轻地叹了一口气，站起身，推开窗子。我悄悄睁开眼，月光照在你脸上，有一瞬间我几乎以为你要做什么，紧张得准备随时一跃而起，但你只是把那盆玉兰丢到楼下："周明远，你是个伪君子，我才不是什么玉兰花，我听不懂这个比喻！我只是个贼……"

你开始大规模地洗劫房间，光明正大地翻出我的警服，将为数不多的钱装在口袋里，你得意扬扬地抓着钞票，可脸上的泪水还没有擦干净，这让我自始至终说不出叱责的话。

2003年，当地一件抢劫大案让人谈虎色变。我和老张被派到路口蹲点，一连几夜，靴子被冰透，全都贴在了脚面上。你打我的手机，却不说话，我喊你的名字，你突

都是 我们的事

然放声大哭："美灿那头猪要赶我回家！"

　　我不知道说什么好，在你面前我总是不知道要说什么才好，苏明薇。我想是因为我把你送进监狱落下案底，这让你不快乐，是我亏欠了你。可我这个人，对人生没有什么大的打算，就打算和美灿做对柴米油盐烟火夫妻，我还托她查过你家里的事，你有一个哥哥，犹犹豫豫地表示愿意收留你。美灿说得对，我不可能保护你一辈子。

　　你在电话的另一端久久地沉默着，我以为你切断了电话，但不知为什么，还会传来一两声细微的抽噎。

奇迹并不需要神的召唤

　　你就这样走了，推开公寓的门，空空荡荡，再也没有你的嬉笑怒骂。美灿从身后环住我的腰，欣慰地说："她回昆明了。"我以收拾房间为由，仔细检查过每一个角落，苏明薇，你走得真是干脆，连一封信都不留给我。

　　二月下半旬，我收到一封没有主题的邮件，屏幕拖到最下方，才看到签名处三个大大的字：苏明薇。我忍不住微笑，婚礼一天天逼近，拍照，订车订酒席，还有美灿间歇性莫名其妙的抱怨和牢骚，过来人告诉我，女人都有婚前恐惧症，这让我几乎没有时间想起你。

　　你仍有邮件发过来，说哥哥对你还不错，可惜嫂子很凶，你又想上学了，正在复习功课。你语气欢快，哎呀呀，不得了，落下这么多的课程，怎样才能追上去啊。快三月了，昆明很温暖吧，辽源还是一片冰天雪地，最近的一场大雪，让搜查工作难上加难。抢劫案的嫌疑人在周边几个城乡流窜，接连不断的命案消息传来，城里人心惶惶，公安部发出A级通缉令，专案组没日没夜地加班，婚礼也被推迟。

　　你在邮件里说：

　　　　老周，为什么不给我回信，你是不是很讨厌我？我跟你说，我其实是个很失败的贼，年纪太大或者太小，我都不忍心下手，好容易看上你，你却把我丢进了监狱。

　　　　我是该恨你对吧，老周。可从你来看我的那一天起，我想偷的就只有一件东西，可每次我伸出手，就觉得自己像一件洗皱了的衣服，污渍累累，没有资格。

　　　　昆明的天气越来越好啦，可我想，只要能看

都是 我们的事

见辽源的天空，我就会觉得很幸福，很幸福。

我给你家里打过两次电话，可得到的回答总是很不耐烦地说你不在。这封邮件以后，你就杳无音信，或许是厌倦了漫无目的的守望吧。这样也好，苏明薇。

可是有一天，我蹲点的时候竟然看到前面有个女孩很像你，我追上去，女孩却不见了，同事以为案犯出现，我不禁嘲笑自己。你回昆明了，怎么可能还在我的周围出现？我是个没资格见你的人了，在你哭泣的时候，我残忍地闭上了眼睛，所以苏明薇，别想我，为我不值得。

可能没有跟你说起过，我的理想是能生活在海蓝色的天空下，每天都看到满目疯长的玉兰花和绿草。南方有暖洋洋的日头，因此我想那里会更适合你。对了，那株玉兰花，后来我从雪地里挖出来，它还活着。你看奇迹这个东西，并不需要神的召唤，只是在身边，就那么轻易地发生了。

我只愿相信你是真的回家了

三月初，嫌疑犯被堵在辽东县，当场击毙。这个案子拖了一个多月，终于有了着落，上上下下都松了一口气，大家欢天喜地地开庆功会。罪犯在本市境内连续实施七起抢劫犯罪，使14人当场死亡，劫得现金及财物总价值1260元。区区千余元，不过是中等城市普通工薪阶层的一个月收入，或者是富豪抽掉的几支雪茄，可它是14条人命。

同事宣读案件始末时，我接到了美灿的电话，她让我到家里去吃火锅，我压低声音唯唯诺诺，蓦地听到你的名字：苏明薇，女，于2月17号下午……

我的呼吸僵住，猛地站起身，同事都盯着我，我挤出一个笑容："对不起，把遇害名单给我看一下。"

苏明薇，你知道的，这世上随时有人死去，只要不是至亲，就不会有锥心之痛。我借来文件仔细看个清楚，如溺水之人抓到浮木，茫然地盯着那几个字，铺开来，组合去，忽然什么都听不清楚。

你不止一次向我炫耀过昆明，它是高原气候，天空出奇的蓝，你总想找一个词形容那种蓝色，最后词穷，挠着头说："就像是把大海挂到了头顶上。"你说昆明只有三种颜色，一种是天蓝，一种是翠绿，到了春天，就会被铺天盖地的花红所击溃。

可是辽源的冬天，永远是苦寒，雪一样的白。苏明薇，

都是 我们的事

也许你又骗了我,也许你根本没有回昆明,偷偷地住在这座寒冷的城市,一步也不曾离开。但是,又也许同名同姓的人会有很多吧,而你的名字又不是太别致,苏明薇,我只愿相信你是真的回家了。我只能这样相信。

那名抢劫案的罪犯曾因纵火罪被判刑8年,出狱后在就业上屡次失败并遭受歧视,为了弄到2000元钱买台棉花糖机挣钱,他就产生了杀人劫钱的想法。他说:"我这一生就没怎么遇到过好人……如果有一个人能帮我一下,我也不至于到今天。"

身为一名警察,我每天都会和刑事案件打交道,我从没想过会和你有什么关系,直到"苏明薇"这三个平常的字出现在卷宗里。如果我知道,苏明薇,我一定会对你好一点。

神仙住的地方是昆明

这个叫苏明薇的女孩死亡的时候,身上只有一串钥匙和一本写着姓名的破旧笔记本,我没有查到任何可以判断她究竟是不是你的证明。美灿打电话来问我:"你跑哪儿去了,满屋子人都等着你呢。"我说我在找苏明薇,她默然良久，最后说："不能怪我，她不肯走，把车票撕得粉碎，我所能做的，就是让她离开你而已，她去哪里，并不重要。"

"为什么不告诉我呢？"

美灿说："我说了，你保证不会去找她？"

苏明薇，犯过错的人没有资格谈恋爱，你说这句话是神说的，神仙说的话总是对的吧。犯过错的人的确没有资格谈恋爱，所以我和美灿分了手，然后请了十年里所有的年假，来到昆明。它果然只有三种颜色，蓝天白云，花开不败，四季如春，照我看，神仙们住的地方也未必比它更好。

可是，苏明薇，春风再美也比不过你的笑。

你说过，出狱那天看到我，你的心就放下来了，现在轮到我了，我得看到你才会心安。人生还那么长，世界又这么小，而你，你又那么热闹，总是那么热闹，所以，总有一天我会找到你吧，苏明薇，我要找到你。

嘿,请让我看见朝阳升起
文 / 贺郎年 ▶▶

"林朝阳,
我不能祈祷你一转头就能遇到一个爱你的好姑娘,
我能为你祈祷的,唯有平安。"

第一次遇见你，林朝阳

我叫徐小美，2000年夏天中专毕业后从梅州来到深圳。在人才市场跑了一个月没找到工作，表姐就说，不如先在你姐夫的店里帮帮手啦。

表姐夫的店在梅林，是一家便利店。于是我开始在店里帮手，招呼客人，收银。表姐和表姐夫不常来，他们有更大的店要料理。需要进货的时候，他们会派几个男孩子过来帮手。平时和我在一起看店的，只有一个叫阿莉的湖南小妹。

碗仔面三块五，加辣鱼蛋五块，葡挞三块，冻柠蜜三块，白沙八块。我很快记住了店里所有东西的价格，直到那天第一次遇到林朝阳。下午四点半的时候,他和阿元来店里吃东西。当然,他们的名字是我后来知道的。他要了盐汽水和蛋治,阿元要了奶茶和碗面。他们跟阿莉打招呼说笑。吃完埋单,我说:盛惠十一块五。然后林朝阳掏钱,才发现忘记带钱包了。

他和阿元都穿着运动衫裤和球鞋,像刚踢完球的样子。

阿元说:"林朝阳,你说好请我的。"

阿莉看看我:"他们跟我好熟的,就在街角那边卖碟。"

我说:"那就先记账,下次一起给啦。"

林朝阳看看我,说了声谢谢。转头的时候,额前一缕染黄的头发低低落下,遮住了他的眼睛。

看着店门在他们身后弹上,阿莉笑笑地对我说,他好靓仔的,是不是?

一点也不。我说,你不觉得他好似李克勤?

虽不明白,还是喜欢

他是卖盗版的小混混。

是的,小混混。虽然他理直气壮地声称自己做的是正当生意，不偷不抢，自食其力。

　　他在入夜之后开始上班。在街角支几张凳子，每张凳子上面摆一只纸箱，里面装满了碟。客人来了，就一人抱一只箱子坐在小板凳上，慢慢拣，慢慢挑。

　　在卖盗版的人当中，他绝对算得上专业和敬业。他知道很多外国导演的名字，还向我推荐很多很好看的碟。我从他那里拿碟回家看，说是家，其实是表姐的另一处出租的房产，我暂时不用付租金而已。影碟机很旧了，是表姐家更新换代淘汰下来的，有时候放碟会咔咔地响，有时候屏幕上会出现一些斑驳的光影，活像上世纪初的黑白默片。那一年，我看了不少盗版影碟。他向我推荐《新桥恋人》和《两生花》，虽然看不明白，还是喜欢。那一年，林朝阳时常出没在我上班的便利店，拿来我要的新碟，把我已经看完的碟拿走。我要付他租碟的钱，他始终不肯收，我唯有时常自己掏钱请他吃鱼蛋——他不吃茄汁也不吃川辣，偏要吃芥辣，次次都辣出眼泪来。

　　表姐偶尔来店里照看，察觉我跟林朝阳来往，对我说，小美，跟他一起是没有前途的。

　　我诧异道，姐姐你不用担心，我又不跟他拍拖。

表姐看看我，没再说话。

命运就算曲折离奇

后来竟然开始拍拖。不记得几时开始的了，也许是那天深夜我跟他一起下班，他送我回住处的时候，不小心我们就开始手拖手？

拍拖之后，有一天我对他说，别卖盗版了，终归不是正当生意。不如找份别的工来做。

他冷眼看我，说，我不是正当生意，你来帮衬我做什么？

那天他穿黑衫，说话的时候一缕头发垂下来。多年以后我恍然记起，在深圳，好似所有卖盗版的少年都瘦，都讲潮州话或客家话，都穿深色恤衫，不是黑就是灰。

其实他不是一定要做这个事情的。他老爸在广州替他找到了更体面的工作，在海印电器城一个老乡开的档口做销售员。但他不肯去。他说他就是喜欢深圳，就是喜欢他现在做的事情。说这些的时候，他脸上有骄傲的神色。

晚上等我们都下班了，我和他，还有阿莉和阿元，我们四个人经常一起去三村附近的食街吃烧烤。我喜欢吃炭烤生蚝,两块钱一个,我每次能吃很多。他吃得不多,坐在旁边看我吃,我杯子里的汽水一喝完,他就给我满上。

你为什么不吃?我问他。

我家那边就产蚝的,小时候吃太多了。他说。

那天是平安夜,我们来到一家小酒馆。那里已经有很多人了,有些人在喝酒,有些人在唱歌,有些人在玩猜骰子。我们四个人要了一扎啤酒,他就上去点歌。他唱了一首《红日》:"命运就算颠沛流离,命运就算曲折离奇,命运就算恐吓着你做人没趣味,别流泪心酸,更不应舍弃,我愿能一生永远陪伴你……"

那一晚,我发现他真的很像李克勤。

或许我很幸福

那年的元旦,难得有一天假期,我要林朝阳带我去小梅沙玩。

早晨七点半,我们乘坐的双层巴士经过深南大道。节日的道路寂静无人,偶有车辆呼啸开过。巴士上层只有我

～～～～ 都是 我们的事

和他两个乘客。没有车窗,风很冷。林朝阳把手搭在我肩上,看我瑟缩,他顺手替我将外套的风帽扣上。迎面开来一个迎亲的车队,宝马花车上缀了粉色花朵和穿婚纱的新郎新娘小偶人。

我说,林朝阳,我们也会这么幸福吗?

会的,他说。拍拍我的头。

换乘开往小梅沙的巴士时,我看见太阳在一瞬间盛大地升起,耀花了我的眼睛。

林朝阳,我很幸福。我说。

他再一次拍拍我的头。

就在那天晚上,从小梅沙回到梅林的住处,阿莉还在店里,林朝阳拿了一张碟过来说要跟我一起看。好不容易找到的,他说。

那张碟叫《罗马别恋》。我至今记得,片中的音乐极其动人。女主角戴一顶遮阳帽,穿灰色牛仔布衬衫。还记得原本处于暧昧状态的男女主角,一前一后走进房子,突然靠在走廊的墙上开始亲吻。

我没料到他会在我的房间里看这种片子,当下大窘,不知所措。我想要走开,却挪不动脚步。林朝阳看着我,不说话，忽然间伸手把我拉了过去。我跌坐在他的腿上。他用手轻轻抚过我的脸，然后揽过我的头，吻我。

正当他解开我第一粒衣扣的时候，防盗门"哗"一声被拉开，表姐用她自己的钥匙开了门进来。

2001年春天，我被父母带离深圳，随后去了重庆。我的大姑妈在重庆歌乐山下的一所大学教书，在那里她帮我联系了一个高考补习班，然后我考大学，大学毕业，工作，遇到一个人，做了他的女朋友。

然后是未婚妻。

要走请不必诸多眷恋

2006年12月的一天，我坐着公交车从沙坪坝去南岸。早晨时分，车内温度显示7℃。经过长江大桥的时候，多日不见的阳光突然冲破浓雾，明亮地从车窗照进来。车上的人不多，我眯着眼睛，看着车内光影移动，忽然想，这个车里的每一个人，是怎样辗转流离，穿州过省，千里迢迢地从另一个地方来到这个地方的呢？

我突然泪流满面。

都是 我们的事

我坐了两小时的飞机,返回五年不见的深圳。

这城市仍一样。

这城市已变样。

梅林的这条小街上,我和林朝阳唱过歌的小酒馆已经不复存在。当年吃炭烤生蚝的大排档,搬走了又搬回来。在一家潮州粥铺门口,我遇到了阿元。他已经是那家粥铺的小老板,娶了来自潮州老家的姑娘。听说我是阿元多年不见的老友,他的老婆挺着怀孕六个月的大肚子,殷勤地为我泡功夫茶。是清香铁观音,很久没喝过了。

终于说到林朝阳。

你走之后,朝阳没有开心过。阿元说,朝阳本来已经做大了,租了写字楼里的房间,生意好得出奇,城中文艺青年络绎不绝,甚至香港影人蔡某也来他的地头买碟。但不知怎么他突然被人盯上,警察得到举报后来查过一次,搞得元气大伤,朝阳从写字楼退回街角,他的生意自此不复当年气象。

阿元说,你还记得湖南妹子阿莉吗?其实阿莉一直喜欢朝阳。但是朝阳不理她。她煲汤给他送去,他赶她出来。最后阿莉哭着回了湖南,嫁了人。那段时光,朝阳夜夜在小酒馆醉生梦死，霸住支麦，不唱克勤，只唱阿伦。次次都唱——这陷阱这陷阱偏我遇上。还唱——我最不忍看你背向我转面，要走一刻请不必诸多眷恋。

朝阳，他日日见不到朝阳。阿元说。

喝尽杯中茶，叹口气，他趿着他的人字拖去给桌上的塑料电水壶加水。

愿你岁岁平安

12月24日，平安夜。

教堂旁边的街道，人潮汹涌。我被人流裹挟着走上教堂台阶。一路有工作人员指引方向。在楼梯拐角，一位身穿黑衣戴教堂人员标志的中年男子向我微微欠身，道了一声："平安。"

平安。我回他。

二楼大厅里人头涌动。台上唱诗班在唱圣诞颂歌，我低头默诵。

林朝阳，我不能祈祷你即刻富贵，不能祈祷你一转头就能遇到一个爱你的好姑娘。幸福来得太容易会不真实。

我能为你祈祷的，唯有平安。

  我在重庆的好朋友拉米的妈妈喜欢求神拜佛。一般人到佛寺上香会一气说出诸多愿望，这位阿姨就不。她每次只说："我叫钟玉珍，我来过了。"她对我们说，愿望太多，如果都实现了，那是一定要还愿的，否则就是心不诚。但有多少人能真的去还愿呢？所以，与其言而无信，不如愿望少些。

  主啊，我叫徐小美，我来过了。

  主啊，我贪心，我还想要多一点：请你保佑，那个叫林朝阳的人，岁岁平安。

你会原谅我吗？

  2006 年 12 月 26 日，晚间 8 点半，我正在景田的酒店房间里收拾东西，突然感觉灯影乱晃，我放在床头柜边上的一只屈臣氏水瓶"啪"一声跌落到地板上。

  深圳地震。

  酒店楼下全是被疏散的住客，乱纷纷喊着各自的慌乱与惊恐。我突然心中一紧，冲出大堂，招手叫了一辆的士。

去梅林，我对司机说。

穿过一些黑暗的路段，梅林近了。的士慢慢驶过街口，我看见了他，守着他卖碟的摊子，我的心哗一声碎在当街。风很冷。他的头上是一盏路灯，投下一团青白的光晕。他坐在光晕里，双臂互抱，萧索得像化石。地震来了，他也不走。我让司机再开慢些，的士无声滑过他面前的道路，像电影中配乐的慢镜头。车开过一百米，我下车，往回走，走到他在的街口。

我走近他，伸手到盒子里挑碟。

有没有李克勤的碟？我问他。

没有，他答，只有电影和剧集，没有音乐碟。

我当年的短发如今已经留到很长，此刻我穿着黑色的套头毛衣，头上罩着外套的风帽。他没有认出我来。林朝阳，如果你知道这个要找李克勤的人就是我，你会不会说，呀，真是大个女了？你会尴尬大笑还是默默欢喜？是的，我是大个女了。

你不会发现我手上戴着订婚戒指。

身后忽然涌出一大群男女。看样子是附近梅林三村的住户，都是很年轻的人，他们在地震的时候衣冠不整地冲下楼来，最初的一阵兵荒马乱过后，马上又想着要娱乐自己了。他们很多人手里拿着水和食物——就算逃难，最忘不了的还是吃同喝。

无论置身何处，生存皆是第一。林朝阳，你会原谅我当初的离开吧。

我转身走开，再见梅林。2006年12月27日，早晨九点的班机上，我会透过舷窗看见朝阳。

再见，梅林

再见梅林，徐小美已经来过。

我走的时候，将我的MP3留在了林朝阳面前那只装碟的盒子里。如果他看到了，拿起来，戴上耳机，他会听到里面有个声音在讲一个故事：从前有一个姑娘和一个少年彼此相爱，坐在通宵巴士上面他们仿佛公主和太子花车巡游。然而最终姑娘离开了少年，因为"勾勾手指比不起钻石戒指，若人望高处时候总要自私"。从前的日子里两个人的车厢就是一个宇宙，自她走后，"原来没有，车厢那一个宇宙……"

那首歌叫《公主太子》。李克勤在 MP3 里面循环往复地唱——

> 沿途共抱拥看幸福彩虹
> 残酷世界里也是场美梦
> 漫游紧握的手不放松
> 回肠荡气刻骨铭心中
> 期望将闪闪钻石的山头
> 回赠我爱侣美丽如天后
> 在停车一刻都不要走
> 长留独有
> 车厢里一个宇宙
> ……

那个叫李克勤的人，唱着，哭了。

◆

你 我
未有幸

一 起
说声愿意

·第三章·

我的綦江大桥
文 / 亦人 ▸▸

"如果一切可以重来,我愿意带她到天涯海角,
去看她梦想中的真正的海。"

今天是 1 月 18 日。14 天过去了，只要一闭上眼，一张稚气清纯的脸庞就会在我面前晃动，夜里，我一次次梦见她从湍急而冰凉的江水中惊天动地惊恐万状地向我伸出手。然而她不说话。

一张 17 日的《海峡都市报》报道了四川重庆綦江彩虹大桥倒塌的消息："1 月 10 日下午，重庆綦江彩虹大桥垮塌事故现场又打捞出一名死难者遗体，使这一事故的死亡人数增至 40 人。"

看到这条消息时我做梦也想不到，这 40 个死难者里，竟会有我挚爱的网友凝烟。

前天我把 ICQ 里以前和凝烟的所有谈话内容都保存到了软盘，共有七千多行。这七千多行谈话，记录着亦人

――― 都是 我们的事

和凝烟交往的一百多个日日夜夜，回忆里，她的一颦一笑都让我落泪。

久受委屈的凝烟

我不知道怎么说才能说得清楚，我们相爱又没有相守的恋情——是的，其实我们并没有相伴到她生命的最后一刻。

我是去年 6 月上的网，一个多月后认识了凝烟，一周后，我们就把交流的地点搬到了 ICQ。开始的时候她并没有告诉我她的真实年龄，否则年月的差距会使那把火迅速降温，我不是那种喜欢玩网上恋情游戏的人。

我们虽然聊得很开心，但是对我来说，她仍然是个谜一样的女孩子。有很多事她显然是在说谎，可是有一点我是确信不疑的：她爱我。

不知从什么时候我们开始通电话。电话通常是她打来的，而且都在中午，吃完午饭等她的电话一度成为我的习惯：我的传呼也会在不经意间响起，那是凝烟站在重庆街头的电话亭里。不管是什么季节，什么天气，她的声音总是那么清浅柔顺。应该说我的脾气不是很好，虽然痴长了几岁（后来才知道是整整痴长了十岁），可好几次我们吵完架好几天谁都不理谁，最终都是她先打来电话道歉。她家里的电话我知道，明知道她在电话那头难过，她在苦等，可我就是一次也没有主动去安慰过她。我一次也没有拨过那个号码。

有次，喝多了酒意识模糊的深夜，为了向自己证明在四川的重庆有这么一个女孩在深爱着我，我会半夜拨打她的传呼，为的只是听到她的一声 I Love You，然后又毫不留情地挂掉电话，让从梦乡中起来的她在电话线的另一端发呆——后来我才知道，哪怕是最冷的冬夜，为了回我的传呼又不让她家里人知道，她总是急急忙忙穿着睡衣披件外套就冲出去，深夜走在危机四伏的路上，路灯坏了，而磁卡电话亭很远，要过好几个街口。

可是一次又一次地，这个小女孩没有怪过我。

亦人的冷汗

她的福州之行，也许跟我仕途上的一次海市蜃楼有关。

去年 9 月底,据说领导准备把我提到另一个令人羡慕的职位,我自然异常兴奋。肤浅的亦人一高兴起来,嘴巴便如蜜似的甜,把久受委屈的凝烟哄上了九霄云外。

事后想,也许正是那个愉快的时候,她下定了决心要来看我——10 月上旬的一天下午,我突然接到她的电话,说她已经到了长乐国际机场,要我去接她。我欣喜若狂,马上打的士赶到机场。她什么也没带,只背了个小背包,一眼就认出了我。

上了车后,她才敢轻轻挽住我的胳膊,车窗外的夕阳照着她薄而明透的肌肤。到了这个时候,我才惊觉她稚气透明的美丽。

酒店工作人员要身份证时,她却迟迟拿不出来。支吾了半天,凝烟嗫嚅着说,她其实只有 17 岁。"但论虚岁已 18 岁了!"她强调。

我着着实实发了半天呆,然后脑子里就剩下一行大字:"拐骗少女!"另一个能让我出汗的问题随即冒上心头,我急问:"你父母亲知道不知道你来福建?"

"喊,能告诉他们吗?让他们知道了那还有戏吗?"她皱一皱鼻子,似乎我问的是天底下最低能的问题。

此时亦人的汗是彻底下来了。

只看五分钟的电影

怪不得！怪不得她家里有电话却每次都要跑到街头去打公用电话。如果不是因为年纪太小而不准谈恋爱，还能有什么别的解释呢？

别无选择，我拨通了她家的电话号码"自首"。她爸可能急坏了，要马上和他女儿黄碧真说话。我把话筒递给了黄碧真。她的话我听不太懂，不过她的眼泪我看懂了。她爸爸要我把电话和传呼留给他，要我确保他女儿安全，要我替他女儿买好第二天回重庆的机票，并说万一出了事，他第一个找我算账。

黄碧真很懊恼，我不忍心了，豪言壮语地答应在剩下的时间里带她吃遍福州所有小吃，可是刚走到东街口，她却说想去看电影。

"你真的想把时间浪费在电影院里？"我大惑不解。

"只看五分钟，五分钟就好了。"她恳求。我们买票进了场。我已记不起看的是什么电影，只是我们真的只看了五分钟就出来了。出来时她无比满足地说:"我终于和你看过电影了。"

那句话和那个表情,我一想起来就会掉泪。

来不及数完的数字

身边的黄碧真因真切而更可爱,不再是网上那个云山雾罩的凝烟。在接下去的几个小时里,她让我知道了很多她的故事——初中毕业后,她就没有再读书,而不是像她以前所说的正在重庆读大学预科。她父母又不让她这么早工作。本来年初说好要买个店面让她开花店。可最终怕她累坏了又取消了,所以她整天就这么待着没事干。

后来她父母给她买了电脑,她就如一只飞蛾般扑到了网上。

那个晚上在五一广场,我们好像说了很多话,又好像什么都没有说。我们好像彼此已经很熟悉了。

第二天,又没有买到飞重庆的班机,我去银行取出了半年来的储蓄,打的带她去了鼓山、西湖、左海还有开张没多久的鲤鱼公园,坐了缆车划了船。下午,我们又赶往马尾去看她梦想已久的大海。第一次见到海她兴奋极了，开心地又跳又笑。现在想起来，我却想哭。她并不知道，马尾的海并不是真正意义上的海。她看到的只是海湾。如果一切重来，我愿意冒天下之大不韪带她去厦门鼓浪屿，带她到天涯海角，去看她梦想中的真正的海。

　　第二天在去机场的时候，我们再一次陷入沉默。到了候机厅，她的话突然多起来，历数这两天我们所去过的地方，数我们吃过的小吃，又数我们到过了多少家商店，然而商店没数完，乘客就开始过关检查了。她哭了，我将她揽在怀里，也湿了眼睛。

　　半个小时后，飞机呼啸着升空，慢慢地在亦人的泪眼里消失了。那时我知道，一段让我心痛的网恋结束了，黄碧真又变成了凝烟，这个此生难觅的女孩从此不会再出现在我的生活里。

可是我没有说话

　　此后，我不接她的电话，不回她的传呼，不回她的E-mail。尽管是冬天，我还是又重新恢复了睡午觉的习惯。

我无比清楚地记得她家里的电话号码，因为想得太多，以至于常常在打出电话的时候无意识地拨出了它。我总是立刻就挂断。

我想，凝烟之所以一直不肯说出年龄，也是因为知道这一段恋情的不可能吧？那么，就当它只是一场网上的爱情游戏吧。还能怎样呢？我不停地用这样的想法坚定自己的决心。

1998年的平安夜，我和几个大学同学到一个啤酒城去玩，喝了不少酒。圣诞夜的钟声敲响时，手机响了，接通之后，我听到一阵不可抑制的哭泣，那哭声是那样伤痛、绝望、肝肠寸断。它一直没有停，我就这么站着。站了很久，虽然我的酒没有完全醒过来，但我清醒地知道那是谁的哭声。后来我挂上了电话，看到通话时间显示是3分27秒，号码显示是她常去的那个电话亭。我的心颤抖了。在这样冷的夜里，等待我安慰的她，一定格外冷吧。

可是我没有说话。

1999年在无声无息中过了近十天，那一天是星期五，一上班我习惯性地打开电脑上的信箱。又看到了那个熟悉的地址来的信。我打开它，看到了凝烟她爸的E-mail。他说，从福建回家后，凝烟似乎一直闷闷不乐，元旦她说要回老家綦江去看望她生病的奶奶，顺便散散心。在回去的第三天，即1999年1月4日的傍晚，她和奶奶在綦江大桥上散步时，大桥突然倒塌，双双遇难。

我走了出去，站在街头灿烂的阳光下，站在鼎沸的人群中，拨通了那个深入我灵魂的电话号码，只要凝烟一拿起听筒，我就要用我最大的声音对她说话，我要对她说话！可是电话没有人接。铃声响了一遍又一遍，一遍又一遍，一遍又一遍。还在响。还在响。

我昏了头。我不知道该怎么挂断它。

都是 我们的事

永远永远爱你
文 / 黎岩 ▸▸

"我想你,却不知道该怎么办好。
就是想你。"

你想我的时候哭。你看我的画的时候哭。你面对我恶意的玩笑要哭,你看我睡觉要哭。现在,你为什么不哭?

一个漫无边际的开始

我是一个喜欢做梦的女孩,我还相信突如其来的爱情,无论它来多少次,我都会上它的当。

两者相加,注定了我的虚无缥缈。

秋天宣布来到北京的第一个周末,我与同学小曲去香山写生。我喜欢画画,对自己所学的油画专业情有独钟,于是我成为班级里很不用功,而成绩又最好的学生。

从香山回到市区,天已经完全黑了。我们站在路口打车。一辆红色夏利悄然停在我们旁边,我们钻了进去。

"去哪里?"

我虚无缥缈起来。我沉浸在这个"去哪里"的声音之中,失去了我存在的背景。打个不恰当的比方,好像有人给了我当头一棒,我晕在一个莫名其妙的感觉里。

这个声音有着很好的头发,它闪着自然的光泽,有着很年轻的背影和很神秘的侧面,它们不是在画里,而是在梦中。

"小哥哥你长得真不错。"我晕头晕脑,还露出了神奇的微笑。

"小姐们儿,去哪里?"他回头看了看我,神情淡然。他是多么好。

小曲哈哈大笑:"去你的故乡!"

车开到中关村时,小曲说,她要在这里下车,去看她的男朋友。

我坐到了他的旁边。

我把跳表拿下来,对他说:"它晃得我头晕。"

他用眼睛的余光看我,我大笑起来。

"我不回学校了,我陪你拉客人吧。"

掉转车头。

他说:"好啊。"

我们只拉了一个客人。车四处游逛。

"你叫什么名字?"我问。

"欧阳丁。你呢?"

"尹丁。你多大?"

"十九,你呢?"

"二十二。"

我们说个不停,我们向对方讲自己的过去和现在。接着,他出智力题给我,我讲荤段子给他听。然后,我出智力题给他,他讲荤段子给我听。我们对彼此的 IQ 都佩服不已,又被荤段子搞得捧腹大笑。我们不停地说,但还是要说。

不知过了多久,我们当中的一个人第三次说,看,又到东直门了。

那时,天色放光,路上已经有了晨练的人。

接着,又出现了赶着上班和上学的人。

他送我回学校。

在学校门口,我们从车上下来。他可真高,可又看不出他很高，与他站在一起，我的头顶在他的下巴那里。

"你多高啊？"他问。

"172，你呢？"

"186。"

我踮起脚，抱过他，搂住他的脖子，轻轻咬他的耳朵。

他用双手捧着我的脸，看我，极其专注。然后，他低下头吻我。

绵长，悠远。

一个世纪？两个世纪？三个世纪？都是短得不能再短的时间。

**你只属于我，
而我想念你。**

我从来没有像现在这样勤奋地画，我画一切可画的东西，一切不可画的东西。我画人体，画人物，画风景；我还想画空气，画音乐，画诗歌。

我之所以画这些东西，是因为，我怎么也达不到目的。

我想画爱情，可画不出来。为此，我痛哭流涕。

我达不到我的目的。

我们整天泡在一起。

他不去开车，我不去上课。我们在他的小屋子里吃饭、听音乐、看电影、胡侃、接吻。

唯一的一次离别，是我要迎接一次考试，我们有半个月没有见面。

再次走进他的小屋子，我看到墙壁被漆成了粉红色，上面写满了我的名字：大的、小的、斜着的、倒着的、红色的、绿色的、紫色的……

他突然将呆立在房间中的我抱入怀中。

他的拥抱，世界上独一无二的拥抱。

"我想你，却不知道该怎么办好。就是想你。"

他的情话，世界上独一无二的情话。

他失声痛哭。

他的哭泣，世界上独一无二的哭泣。

他的车上积满了厚厚的一层灰尘，好像是披了块黑色的纱布。我们开始花他存折上的钱应付我们的日常开支，开始我们花天酒地，后来我们捉襟见肘。

那是我们的日子。

都是 我们的事

我怕他明白我的爱

他喜欢看我画的画,也喜欢看我画画的过程,几十个小时,他可以陪着我一起进入状态。

有一幅画,我们都很喜欢。欧阳丁把它斜挂在墙角。

一个穿红色睡衣的女孩,在吸烟,吐出的青色的烟形成优美的曲线,一个光滑的烟圈,缠在旁边一个男孩的脖子上。男孩笑着,跳着怪异的舞蹈。画的背景,是暗红色的田园风光。

画的名字是欧阳丁起的,叫《爱情》。

他说,他是明白的。

明白什么?

"无可奈何。"他突然一脸严肃,"像凡高,他画风景,爱上了那些风景,却不知道它们是男是女,也不知道它们美丽的外表下面是否有一颗可以去爱和能够被人爱的心,就痛苦,只好疯掉了。这是凡高,也是他的画。他可能只能选择死亡。"

我只好撕掉我的画。我怕他明白我的爱,怕极了。

为什么不说话？
为什么不哭？

我要对他说一件事情。

我知道，不管我拖延多久，都要对他说。虽然，那是一件不该说的事情。

我这样开始我们的结束。

"我给你一年的时间，去寻找一个姑娘，大眼睛，翘辫子，白皮肤，高个子，射手座，无所不能。等你找到了，我就消失。让你们爱到老，爱到死。"我说。

"没人比得过你。"他抱过我。

"可我要走了。"

"为什么？我们不是一生一世在一起？"

我只好不说话。

为什么要说话？有些话要一辈子不跟他说，有些事情连想都不要想。因为，他是你的爱人。不能说。

可我还是说了："我的男朋友要从新加坡回来了。回来同我结婚。"

我看到他张了张嘴，然后他为自己倒了一杯水，喝了一口，倒进水池。接着，他给自己冲了一杯奶茶，喝着，喝得极其沉默，我甚至听不到他吞咽的声音。

他应该问我，你有男朋友吗？为什么骗我？难道一直以来我们不是在谈恋爱吗？

可，他一句话都不说。

他用他的那辆满是灰尘的车载我去机场接我的男友。

车外，太阳像是被泡在黑咖啡里，泛着无力的阳光泡沫，树木随风呜咽；行人和车辆纵横交错，扰人视线；街道像一个老妇女，对青春的消逝视而不见，别扭至极。

大提琴曲《安达卢西亚》被他一遍一遍地放，大提琴的哭泣，车的哭泣，空气的哭泣，灰尘的哭泣。

都在哭。

车外，一个女人和她的孩子在哭。她们伤心极了。

都在哭。

为什么你不哭？

你想我的时候哭，你看我的画的时候哭，你面对我恶意的玩笑要哭，你看我睡觉要哭。

现在，你为什么不哭？

我的三十三岁的男友过来拥抱我,他笑着,白牙齿在阳光下闪着熟悉的光泽,我在他的臂膀中听他好听的笑声,还有他的属于我的心跳。他说:"唔,宝贝,怎么瘦了?说说看,你都干什么坏事了……"

我们搂抱着去打车,从欧阳丁的车前走过。

车开到阜成门时,一辆披着灰尘的红色夏利从我们面前经过,后来又退回来,与我们的车并驾齐驱。

车身上,写着三个字:我爱你。它们大大的,闪耀在午后的阳光里,十分醒目。它之所以这么醒目,是因为,它们抹去了灰尘——与灰尘比起来,与阳光比起来,与天空比起来……与世界上存在的一切事物比起来,它们醒目极了。

我对男友做出笑脸。

可是,我的嘴角在向下撇。

孤独的小姑娘,你的泪水藏到哪里去了。

还有人比我更想你吗?

办好结婚手续后,男友就回新加坡了。

～～～～ 都是 我们的事

我将在半年后毕业,同时移居新加坡。

欧阳丁将他的车卖了。

"我们将过一段好日子。"他说。

他把钱全部存进去,然后一部分一部分地取出来。我们兴致勃勃地做每一件事情,就像正常的情侣那样。好像我们是有将来的。

我们没有将来,我们跟他们不一样。只是,不能说,也不能想。

时间过得真快,时间过得真慢。我们的感情就像一个乖得让人心痛的孩子,不哭不闹,不惹是生非。

我们的一段一段的日子,我们的白天与黑夜。我们的时间那么长,我们的时间又那么短。

我们喝醉了,都没有醒的时间。

我们醉着相聚,醉着别离。

欧阳丁从卫生间出来,他用浴巾呼噜呼噜湿漉漉的头发,然后开始穿衣服。他的衬衣是黑色的,昨天已经被他细心地熨好;他的牛仔裤套在他的腿上看起来笔直而有力度。然后,他开始梳头发,系领带。

他看起来好极了。

我看他,拼命不想一句话:"明天我要走了。"

他把他的存折递给我,里面还有一百块钱。

他低下头轻声道:"这是我们最后的钱了。你拿着吧。"

我没有接他的存折,我跑开了。

我怕他看到我的泪水。

第二天,我回来收拾东西。我说:"我不会留下我的任何东西。我们要重新收拾你的房间,收拾得就像我从来没有来过,就像我们从来没有认识过。"

我们粉刷他的房子,我把墙壁上我的一个个名字用白色的油漆掩盖掉,不留痕迹,就像它们从来没有出现过;我们将所有的家具换掉;我们烧掉我的画;我们买来新的地毯,铺在与原来不同的位置……

做完这一切,就做最后一件事。曾经,我们将它想象过无数次,想象它不要发生,想象它在发生之前夭折了,也曾想过,它真的发生了。

它真的发生了。

离别啊……

我让他先走,我看着他的背影,他回头,向我摆摆手,继续走,他先被一个柱子挡住,又出现在人群中,他越来

～～～～ 都是 我们的事

越小,他停下,在想什么,可没有回头,继续走,继续走……他消失了。

　　首都机场。我们最后的相聚,最后的别离。

　　我伤心极了,我自卑极了,我矛盾极了,可是,别扔下我,别让我看你的背影,别看着我笑,别看着我难过,也别对我依依不舍。这一切,都会让我怀念。别让我怀念。

　　亲爱的,你把泪水藏到哪里去了?为什么你的嘴角向下弯了那么久?

　　在飘飞的雪花中,在无人的森林里,你是多么孤独。

　　我想念你。还有人比我更想你吗?还有人比我更想让自己为你流泪吗?你是我的宝贝,你是我唯一喜欢过的人;你笑容满面,你痛哭流涕;是我不好,我怎么可以待你那么不好——我让你饥饿,让你寒冷,让你一个人走在街边,让你颤抖,却不给你我的怀抱。

　　我可以自由地飞,可是,永远也别让我飞出你的故事。

　　永远。

上海，胡英豪收

文／邢汶

"上海啊，我从来就没有对不起你，我曾向一个上海女孩承诺爱她终身，至今誓言依旧。"

如果纵容自己的无知，我会认为世界上最没意思的职业就是当个会计了，不就是记账吗？只需要学会加减就行了，连乘法都用不上。

但是英豪并不这样想，她不仅是学会计的，还在上海一所著名大学把会计使劲地学了整整四年，然后又把会计学到了加拿大。

我对会计学的感情，就是慢慢从英豪那里培养起来的。我终于知道会计学可以是复杂的、高深的，甚至是疼痛的。

唯有爱，是不能退而求其次的

很小的时候，作为一个即将成为男人的孩子，我想超越历史所能想象到的极限；后来，当我初次生出胡须，我想成为历史的一部分，在其中一页写上自己的事迹；再后来，我只是想写完自己的历史，然后等待死亡来临。在这样一个时代，我不可能预想我的历史中会写上什么奇迹，除了爱情之外。

我对爱情的期待，就是这样慢慢滋长起来的。就像一片原始森林，因为没有了足够的雨水和阳光，只能成为一片草地。于是我这样想：事业是可以改变的，兴趣是可以培养的，唯有爱，却是不可退而求其次的，这是我最后的防线了。

有时到一些朋友家里做客，他们一般是租的房子，狭小、局促、光线暗淡。男的拿来香烟和瓜子，妻子则在忙碌做饭，我们三个人一起站起来的时候，很容易相互碰着。我能感受到那里的温暖和柔情，作为一个习惯于漂泊的人，这会让我稍有伤感，但不会让我羡慕。我不能让我的妻子生活在租住的房子里，我必须有自己的房子，光线充足，爱情可以像藤蔓一样四处生长而毫无阻拦。

很偶然地，英豪出现在聊天室里，我们邂逅在冬天的某个深夜，她的声音从麦克风里传来，清晰，清晰，难以想象的清晰。

别把爱情堕落成网恋

　　她说，她正在北京。我很怀疑，问她，从西直门到颐和园要坐几路公交车？她想了想答上来了。很对。但我还是责怪她撒谎，不诚实，既然没有诚意聊天，那我就走了。她终于承认，她是上海人，并且解释说，很多网友不怎么喜欢上海人，她不想受到冷遇。她问我为什么能猜出她不在北京？其实她对北京很熟，公交车都记得。

　　为什么？直到现在，我都常常追问自己，为什么我有这样的直觉？我想破了脑袋，没有想出到底为什么。有个香港电影里说，幽灵竟然可以通过无线电传播它们的魔法，为什么心灵不能通过电话线传递感应，真的是感应了。

　　我们在那个寒冬的深夜相爱了。这个说法也许是不准确的，但应该是认真的。我问她电话号码，因为我不喜欢网恋，我告诉她，我要让今天晚上发生的一切成为爱情，而不是堕落成一个事件，哪怕是网恋事件也不要。她说我说了你会打吗——我不说了，反正说了你也不会打的。我说，如果这是托词，我就不问了，如果你怀疑我的诚意，可以信我一次，我马上打给你。她犹豫了一下，先报出一个国际区号：0019。

我有点意外，但没迟疑。家里的电话没有开国际长途，我揣着IC卡，骑上自行车，顶着凛冽的寒风，凌晨两点半，终于找到一个街头电话。拨号音以每秒三十万公里的速度前进，穿越中国大陆，穿越太平洋的海底电缆，轻轻松松地降落在加拿大安大略省一座城市的黄昏时光里。

不折不扣的亲笔书信

她叫胡英豪，其实她长得白皙、秀丽，一脸诚恳神色，并不英豪。她很快给我发来了照片，背后是北美洲的森林和雪地，映衬得分外鲜艳。她用英文问我："你觉得我的照片如何？"反复问了几次，我都在回复邮件的时候避开了回答。因为我无法描述我的感觉：我被突如其来的爱情弄得跟跟跄跄，我小心翼翼地把这张照片变成我的电脑屏幕的背景，每天打开电脑的时候，要仔细端详一下她甜甜的笑脸，临睡觉的时候，要默默地向她道声"晚安"。

我想，英豪，我真的是爱上你了。

那段时间正在放美国大片《不可能的任务》，于是我就把我们的爱情称为"不可能的爱情"。但我不愿意放弃努力，我想，哪怕有百分之一的希望，我也应该付出百分之九十九的努力。英豪很赞成我的想法，我们都是成年人了，所以我们要让爱情像模像样。为了和脆弱、单薄又流行的网恋事件划清界限，我们约法三章：第一，彼此不妨碍各自的生活和事业，我写我的文章，她学她的会计。第二，如果彼此发现身边有合适的伴侣，我们的交往可以随时终止。第三，如果要终止我们的交往，承担向对方如实告知的义务。

我一生中无数次失约迟到、违背诺言、放弃职责，种种乱七八糟的事情我一样不缺，这本来就不是什么黄金时代，也谈不上什么"一诺千金"或者"从一而终"，更何况是在网上。但我这次认认真真地履行了我的诺言。我每天写作、骑自行车到超市购物、拎着一袋爆米花独自看电影，其余的时间，我都用来给英豪写信，不是可恨的邮件，也不是该死的传真，更不是愚不可及的手机短信息，而是不折不扣的亲笔书信。

这时候春天的消息正在北京令人惊悚地迅速弥漫开来，我终于了解了自己因为多年使用电脑而造成的对钢笔的生疏，开始重新学习写字，我也深刻地感到，爱情，每个深夜在灯影下萦绕的期待，真的是悄然到来了。

那些法语段落

英豪说上海网友不是很受欢迎，我也听过很多关于上海人的笑话，比如说他们小气刻薄、保守内敛等等。我也曾经把听到的一些笑话讲给英豪听，她听着听着就急了，说："你还说不笑人家呢。现在又笑了。"我说："我没笑，没笑。"英豪委屈地说："还不笑？你的不笑，比人家的笑还厉害呢。"

我茫然地握着话筒，很是后悔。

我想给英豪写信，先看到了她发来的邮件，是她用法语写的情书，我一句也没看懂，她最后用英文写的几句话看明白了："我喜欢法语，干净，准确，优美，我想用它表达我的心情，以及我对你的思念……"

我看着那些法语段落，心里怅然若失。

爱情比我想象的还要残酷

我也算是读过大学的,知道学习一门外语,需要毅力、耐心和实用精神,但我的确不懂法语,这种不懂让我很难过。现在我是个二流的文学爱好者,三流的自由撰稿人,不入流的作家,每天想的是如何洞察人性,如何写出惊天动地照耀千古的汉语作品,如何将自己的书卖出一百亿本,因为这些想法,我不是个幸福的人。

我不知道如何向英豪讲述我的这种复杂的心情,我甚至为自己生活在北京而感到后悔和悲伤。我为自己在大学时候学习过文学理论感到愤怒,当我再次看到英豪来信说她是那么思念我,我的一种想法就更加强烈:我应该选择会计专业,我应该精通会计,只要有公司的地方,都会需要会计人员,我将永远不会失业,永远有更好的收入,永远可以把房子反复装修。我只需要每天把账记清楚,就可以回家。

我爱任何一所大学的会计系,我也爱任何一家公司的财务部。

因为想到这个问题,那天晚上,我在电话里意外地跟英豪谈论起上海的房子问题了。英豪说，上海远郊的一般住宅,大概也需要三十万的样子。我心情有点黯然,说:"这笔钱赚起来有一点费劲啊。"英豪安慰我说:"别着急啊,你这么年轻,现在的收入已经很不错了,我们可以办银行按揭啊。或者先向亲戚借一点,慢慢再还。"

她说得那么亲切、那么具体,让我的眼睛都有点湿润了。我觉得好生委屈,也不知道为什么。

她顿了顿,郑重地说:"我告诉你一个决定,你听着。"

她说得很慢,我也不催,自己点燃了一根香烟。

"我准备下个月回国。"她一字一句地说,"我要见你,很多事要跟你见面谈。我忍受不了这种思念的煎熬了。"

我难过地发现……

那个晚上,北京的盛夏正是意味深长的时候,我在五楼的寓所里,楼下乘凉的人们吃得很饱,正在谈论2008年奥运会的申办问题,楼顶上一个长发披肩的青年艺术家依旧在伤感地低低吟唱民谣歌曲,我可以听见并且理解整个北京正在为何喧嚣不止。

在这样一个夜晚,我听着英豪的声音渐渐消逝在燥热的空气里,慢慢无影无踪。我环顾了一下四周,墙角放着

都是 我们的事

几个很大的纸箱子，可以装上我的全部家当，搬家的时候，只需要一辆出租车就足够了。这样一个夜晚，我突然感到所谓爱情，真的是比我能够想象的还要复杂、严酷、美丽，而且动人得令人心醉，痛苦得令人心碎。

我难过地发现，我还是在经历一次网恋事件。这发现让我感到彻骨的震惊和痛苦，我开始斟词酌句地给英豪写一封邮件，这种写作如同承受凌迟的酷刑，在屏幕上跳出来的每个字都让我手指发抖：

"英豪小姐，我现在不得不告诉你真相……你不必为了我回国，其实我只是在网上做点游戏而已，而我的职业，也只是一个居无定所的流浪汉罢了，没想到让你当真了，对此我感到非常抱歉。我不是有意伤害你，一切都是无意中发生的，现在就让它在无意中结束吧……为了不给你增添其他麻烦，我的手机传呼电话以及邮箱都将在 24 小时内更改，再次向你表示歉意……"

我把这封邮件连发了四遍，确保英豪能够及时收到，然后通知传呼台将传呼停机，再将手机里的 SIM 卡扔进下水道里。有一家广州的杂志社曾多次跟我商谈，希望我过去任职，收入可能会更好一些，不过不能再那么自由散漫了，我一直在犹豫不决。现在我决定即刻预订去广州的机票。

三天后，我踏上了南下的旅程。飞机在上海中转，有半小时的时间，我在候机楼里坐着，拿出一张白纸，写下了我深深铭刻在心的两句话：

"上海啊，我从来就没有对不起你。我曾向一个上海女孩承诺爱她终身，至今誓言依旧。我经历了一次问心无愧的爱情，而不是网恋！"

候机楼里的播音员在柔声催促，应该起身了。我买了一个信封，走到旁边的邮筒旁，在投进去之前，我在信封上仔仔细细地写上了：

"上海，胡英豪收。"

都是 我们的事

唯有爱不肯轻易褪色
文 / 西芹百合 ▸▸

"我们都没有多余的爱给别人,所以注定流离失所。"

一

爱情的最初，无不是姹紫嫣红。一如小怜和她的庄老师。

庄老师教小怜摄影，把着她的手，让她看镜头里的操场。她微闭一只眼，看过去，满园春色关不住，只觉他的手在抖。她哈哈大笑，说："庄老师，三脚架都在晃啦！"他竟在她的放肆笑声里目眩神迷——小怜毫无城府，如纯白小花，一下子散了他满眼满心。

但他不着急，三十岁的男人，当然明白对付这样的小女孩，要以静制动。他开始漫不经心，偶尔意味深长地看小怜一眼，那一眼，就足够让小怜喘不过气来。她开始充满疑惑地问我："百合，他的眼神为什么那么热辣辣的？"

～～～～ 都是 我们的事

我敲她的头："醒醒吧，人家已经结婚咧，要热辣吃火锅去！"可是，小怜的心，就这么一点点地掉下去了，他没有用一兵一卒，她已全盘皆输。

小怜那天晚上没有回宿舍。我趴在窗口等了她半夜，可是，宿舍楼下的人来来往往，没有一个是她。午夜的时候，起风了，大块的云朵快速移动，星月惨淡，树影婆娑。宿舍里的收音机一直在放着："想要问问你敢不敢，像我这样为爱痴狂。"突然间想起《滚滚红尘》里月凤的那一个转身，她言笑晏晏，作别了韶华。

迷迷糊糊之间，门被打开，凌晨四点，小怜窸窸窣窣地进来，钻进我的被窝。我睡眼惺忪地看着她，她目光犀利，像喝了酒的小兔子，轻轻说："我给了他。"

庄老师的妻子带着孩子回娘家了。他拥她入怀，诱惑着她，直到她亲吻他的唇，这才浓墨重彩地铺将开来。

"我们就在他的床上，我一睁开眼睛就看见他们的结婚照，旁边就是婴儿车……我很疼。"小怜面无表情，说完最后三个字，我感觉她好像被抽了气的玩具，一下子泄了力气。

我搂住她，蜷缩起来。我们像子宫里的两个孩子，相对而睡。

　　小怜经过那一夜，黯淡了许多，常常坐在靠窗的位置发呆。偶尔约庄老师出去，他总是推托，"今天有事情"，或者"我要带孩子呢"，一副诚恳的样子。

　　灰瓦，白墙，满院读书声，此处竟给他容身之地，也算老天瞎了眼。唯唯诺诺的男人，爱不起，当不起，真真让人鄙夷。

二

　　也是那一年，我见到了行之。

　　人秀于群。人潮汹涌的火车站，我一眼认出他来。那么好的太阳，阳光独独在他身上流连，刺得我满眼疼痛，快要流出泪来。可是我听见内心的声音，欢喜着，雀跃着，我还是个孩子，怎么抵挡得住内心的暗涌呢？

　　我们用指尖恋爱，恋不够每日 24 个小时，连藏匿心情的角落都没有了。他坐了一夜火车，来偷命中的这朵百合。我们坐夜车游览我的这座城市，双手紧扣，握着交合的青春，他叹口气，抚摸我的长发："百合，你要带我去

都是 我们的事

哪里？"眼神里都是痴恋。

我在心里静静地说："我们回家，好吗？"

但是我们没有家，我们有错落的过往，和未知的将来。我只能紧紧握住他的手，那里有我们的现在。

我痴傻了许久，直到他离开，还神情恍惚。行之，他贪婪地吻我，他的唇慢慢启开我的，微热的舌试探着，我在书里看到的细节完全帮不了我，呆站在那里，任他带我进入全新境界。原来接吻是人生最曼妙的享受，我们靠得那么近，连彼此的呼吸都在一起，一时间，天昏地暗，潮涨潮落。

有好几天，我都沉醉在这样的遐想当中。每每接到行之的电话，总是恨不得把整颗心掏出来给他，想到忘情。"我爱你，行之。"这句话居然脱口而出，自己吓了一跳。但是，电话那边是一片寂静。

愁煞人的秋季在一阵冷雨后到来。我添加了几件衣服还觉寒冷，校园里的树叶落了几重。偏偏他的电话越来越少，我偶尔打过去，总是一样的回音："您所拨打的用户已关机。"他的工作很忙，他常常忘记我们的电话约会。我想，我该去看看他，或许，我毕业的时候应该去北京，和他在一起。

　　小怜抱着一堆零食坐在我的床上咯吱咯吱。自从庄老师从狰狞大色狼变回温柔好爸爸以后，她已经学会用零食填补自己的空白生活了。她边咯吱边问我："百合，行之爱你吗？"

　　"我不知道，但是我想是的吧，不然他怎么会亲我？"

　　"据说女人恋爱以后智商降低为零，你都不知道人家爱不爱你，居然就想千里寻夫？黄舒骏唱过一首歌《不要只因为他亲吻了你》，你这个笨女人！"

　　其实我怎么会不知道呢，行之若爱我，必然会说，若不想说，逼他也无用。

三

　　思念吞噬着我，日日在课堂上，想的全是他的亲吻。

　　索性回宿舍拿了衣服，留了字条给小怜，直奔火车站。

　　连坐票都没有了，我蜷缩在车厢的角落里，铺了一张报纸坐在地上，身边都是农民工，他们抽劣质的香烟，熏得我流出眼泪来。

一个黝黑的汉子是他们调侃的重点,只因他取了打工的所有积蓄,回去娶一个下肢残疾的女人,他们都笑他"憨大"。"她都不能跟你睡,这老婆有什么用?"

他木讷地说不出话来,憋了半天才说:"我从小就喜欢她!"

他不说爱,但是他的"喜欢"就让他义无反顾地娶了她。

车厢摇晃,灯光暗淡,但是我的眼泪无休无止。行之行之,你喜欢我吗?窗外的风声呜咽,怎么听,都是一支悲凉的号子。

天亮的时候,我披头散发地出现在北京火车站。早晨九点,我打通了行之的电话,电话里的他声音疲惫:"我早晨七点刚睡觉,累死了。"我只好说:"好的,那我自己来你家。"

我的唇还温热,他的已经变冷。我想去温暖他,却怕力不从心。北京的风沙弥漫,在这里,看不到江南的绿色水源,我会在这片土地上干涸。

他睡醒,睁开眼,孩子一样朝我笑,我所有的挣扎全部土崩瓦解。我被他拉入怀中,想念了数月的吻一一落下,他细腻缠绵，我笨手笨脚地回应着。他拉开我的衣服时，我突然想起了小怜，那个她彻夜不归的夜晚，那个让我鄙夷的男人。我慢慢地蜷缩了身体，把自己保护起来。

行之凝神看着我，我也看着他。我们四目相对，像两只兽，决战前沉默。

"好吧，我不勉强你。"话音刚落，他的手臂就松开了，温度骤降。

"行之，你爱我吗？"我终于问出了蠢女人才会问的问题，我终于自取其辱。

他沉默了片刻说："我……我不会撒谎。"

我的小女人一面在心里已经开始决堤：是的，这是我第一次恋爱，我可能什么都不懂，但是我知道，我爱你。这让我很勇敢，我一个人坐了一夜火车来看你，这样的爱让我什么都不怕，让我觉得幸福。我可以很坦诚地告诉所有人我爱你，为什么你不敢？如果你不爱，为什么要怜我如花？

可是，我什么都没有说，我也什么都说不出来。不爱最大，这是最坚决的理由，足以击溃我所有的勇敢和信赖。那些十指敲出的字再动人，终究是字，敌不过他一句冰冷的回答。

～～～～ 都是 我们的事

我低头收拾行李,他的手揽上来:"百合,你不要伤心,好吗?"我笑笑:"好。""不要生我气。""好。"我微笑着说。

"再见。"说再见的时候,我仰起了头,因为他们说,这样子,眼泪就不会掉下来。

行之,你何其幸运。我在最美的日子遇见你,爱上你,然后和你分离。也许我们都一样,都认为爱太珍贵,一生只有一次,你的已经给出去,我的给了你,我们都没有多余的爱给别人,所以注定流离失所。

"小怜,他不喜欢我,我就不能再想他了。"几个月以后我坐在小怜身边。她轻轻地叹气,用更轻的声音说:"怎么我们结果都一样?"说这句话的时候,已是冬日黄昏。长江边的一处堤坝上,因为临近新年,很多情侣依偎在江边放烟花,小小的棒子,顶端有璀璨火花,他们挥舞着,照亮彼此微笑的脸。江水暗淡,天空暗淡,只有他们脸上的光彩划破寒冷的空气,逼得我们无所遁形。

兜兜转转,不过是烟花灿烂一夜,而我们已从洪荒走到平野,冬雷震震夏雨雪,只有我们依旧是不肯褪色的烈火红颜。

你是一只飞过红场的鸽子

文 / 流言

"他从未曾对我说过承诺,当我到了他的年纪也明白了,永远这两个字是太远太远。"

我要,用第一人称讲一个故事给你听。故事里有红场的鸽子,扇着冻僵的翅膀。有T城的霓虹灯,绿色那一盏总是不亮。有岸这一边的大排档和牛肉面,有那一边的诗人塑像和老教堂。隔开我们的河叫做时光,讲完这个故事,我将遗忘。

**这个故事里有些是你知道的,
比如1999年的润洁、伊卡璐。**

1999年冬,T城的中心广场,我在等一个叫吴宪的人。
"你就是潘婷吧?"
我抬头瞪着对方,恶狠狠地说:"无聊!我叫舒蕾,不是潘婷。"

这个叫吴宪的人偏过头,眼睛眯成一条好看的缝,细细地打量我,笑得很有些暧昧的味道。我想发脾气,心里却松松垮垮提不起。

"你在一片黑色衣服灰色衣服的人中间走过来,白色外套被风吹起,我的世界瞬间明亮。"一个月以后我开始写日记给他,这是开篇的话,那时候我们已经很熟悉。而当时,我只是指指表说,你迟到了。男生还迟到,真没劲。他说我去买润洁了,保证用眼卫生你懂吗,你要用吗?我赶紧摆手说不要,我从小害怕眼药水。他就抬起头来,把那个绿色的小瓶子举过头顶,旁若无人地滴起眼药水来。

我抬头看他,有些眩晕。

"我看不见了,你拉我一下。"一滴液体落入眼睛,他突然大叫。有路人回头看过来,我被吓了一跳,犹豫着伸出手去,被他一把拉住。于是我们姿势古怪地牵着手走在人来人往的夜市上,像一对普通的情侣。我不想在男生面前表现得小气,但是,这也太莫名其妙了。我扭来扭去的,说你放开我。

他说,你不舍得。他流露出小流氓的气质。

我有些后悔答应帮窦小乔这个忙了,她只告诉我她表哥的朋友很像刘德华,并没有说像《旺角卡门》里的那一个。我清清嗓子对他说:"我是窦小乔的同学,她被老师抓去练习钢琴了。"

他不作声。我又说:"我是替她来还书的。她说你明天要用。"我的声音越来越小,那人还是不作声,饶有兴趣地看着我,吐出一串烟雾。

我咳嗽了两声,他站住了。我想这个人,多少还是有些善良的。但是他并没有扔掉烟,而是把烟夹在中指直立起来,目光严肃。我说你干什么,他说别出声。

然后他把我用力甩了半圈,我从他的右边站到了左边。他继续抽烟,说,风向是朝这边的,呛不着你。他有半长的发,碎碎地在脸上荡下阴影。

最后他对我说:"谁在乎窦小乔?谁在乎这本书?"

当时我们在没有路灯的地方,他的眼睛忽闪忽闪的。

我被迷惑了。

那一天有很大很大的风,我十八岁,刚刚开始学习化妆,用了许多劣质的粉底把自己打白。我甚至感觉不到风刮在脸上,好像戴了厚厚的丝巾。我庆幸自己这样做了,才能和他走过那么长的一条街,另外我希望他也没有看出来，那是我第一次和男生牵手。

回到偏僻的宿舍用了不少时间，碰上室友婷婷，她说小蕾你怎么脸那么红呀，有个男的打了好多电话问你怎么还没回宿舍。

是吴宪的电话，他说："是我，明天一起吃饭好吗？"吴宪，你甚至不说你的名字，你甚至不说你打了42个电话，用了两个半小时才找到我。你甚至不说"你愿意和我约会吗"，我一直觉得，你身上是带着莫斯科的气质的，如此专断，如此自信，于是我失去了起码的判断，放淡了渴望被追逐的想法。觉得这样，就算是恋爱了吧。

这个故事里有些是你不希望我知道的，比如 Beyond 和黑白电视。

关于我和吴宪的故事，我已经讲不清楚了。五年的时间我一直在努力遗忘，到现在只剩下一些碎片。

他曾经在外地的大学读书，而我们相识的时候他已经回到家乡。我问他为什么辍学，他抬起头高声唱："自由天空任我翱翔，飞过千山再飞过七重洋。"他说他要去莫斯科玩。

他有大段的时间和我耗在一起。他混进我们的听力教室坐在我旁边，我在大耳机里戴着小耳机听歌，派他盯着老师。于是在叫到 A five 的时候他拉过我的 MIC 回答问题。我不知道他英文那么好，一直到后来听力老师还偶尔惆怅，A five 那个男同学怎么没有来呢？我们走出教室，好多女生看着他，我们挽着手走得理直气壮。

有时候我站在辉扬大厦的门口裹着黑棉袄，等他来接。那楼里藏着七个网吧，门口有无数鬼祟男子探头探脑地等网友对暗号。有一次我被人搭讪了，问我是不是在等他。那个丑陋男子原本大笑着来拉我，突然就不动了，笑容凝固。我被一只大手拉向身后，回头是黑色皮衣戴着黑墨镜的吴宪。他直视着那人，紧紧拉着我一直到他消失在视线里。我嘲笑他，当时不也是这样骗到我的吗？他不说话，拿下我头上的发带替我绑一个辫子。他说："丫头，你不知道你披着头发的样子多好看。我第一次在车站看到你的背影，就觉得，哇，绝版淑女，一定要不择手段追到手。"他手舞足蹈，在墨镜后面看不到完整的表情。

吴宪，这是不是算一个正式的告白呢？

那天是逛街，我买了夹脚的新鞋子。他看我走不快，就蹲下来对我说:"上来。"于是我趴在他背上由他背着走。他回头伸一只手给我:"拿来。"我心里想这个人真好呀,还替我拿鞋子。没想到他几步走到垃圾桶旁边将其丢下去,我还来不及喊一声。

"你这个财迷丫头,回去一定会再穿出来。以后不许买不合适的鞋了。"我被他丢了鞋,他要陪我回家。我的家和他家是相反的方向,他总是陪我坐三站,下来正好到了可以换车的地方,不会错过末班车。

我有了足够的理由赖在他背上要他陪我回家,于是他错过了末班车要独自走一个小时回去。我说你怕什么,你那么强壮,大概贼和强盗看到你都会躲着走。他把我放在高架桥的栏杆上狠狠亲吻,他说你为什么,你是故意的吧。

是的,我是故意的。我想在他心里划下许多痕迹,哪怕再没有机会沿途来找。我深深地嗅着他身上的青草气味,心里黑暗得一塌糊涂。我已经从窦小乔那里知道,他的大学每年会选出最好的学生去莫斯科交流,一去就是五年。他从未曾对我说过承诺,当我到了他的年纪也明白了,永远这两个字是太远太远。

我们的拥抱干净而冲动,像洁白里乍现出鲜艳的花朵。

～～～～～～　都是 我们的事

他去签证的几天里，我买了一本叫做《俄语900句》的书和两盘磁带。我兴冲冲打算从"你好""谢谢"开始学习，可是磁带一放出声音我就傻掉了。这是什么语言呀，那么快那么艰难带着恶狠狠的卷舌音。我抱着收音机听了又听，终于凑够了一句话。

他回来的那天，我在学校里对他大喊"牙西不留既，BIA"。自从和他在一起以后，学会了在人多的地方，大声喊叫。他愣了，我重复了一下。他大笑，说他明白。后来我才知道，那句话是不对的。字是"我""爱""你"这三个，但是语法语序都是错的。就像一场爱情，我截了中间的部分，来龙去脉却不愿意问。

那句话我始终不知道正确的说法，因为我再没有讲过。牙西不留既，BIA。

这个故事里有些是我原本不该知道，最后却知道了的。比如潜规则和模糊的女子。

后来他开始教我一些俄语，有一些他解释得清楚。比如他家有四室两厅的房子却摆了小小的黑白电视。他是叔叔带大的，叔叔对他并不算好。于是我明白了，他散落的头发后面落下的阴影。但是有一些他解释得不清楚,比如那个红色头发的女孩子。

那一年流行疯狂英语,我买了一整套。红色的盒子,20盘还是30盘磁带。在结账的时候,我看到了他,和旁边的女孩挽着手。我当时居然没有生气,在夏季微小的风中,只是想问问他,口袋里有润洁吗?他也看到了我,走过来小声说,我晚上给你打电话。

那年我十八岁,没有经历过失恋没有经历过这种场面。我的自尊心是被许多小男生吹捧起来的,他们都干净而温和。没有人像他,没有人像的。我听到心里噗的一声,碎成了皱皱巴巴的。当时我和婷婷在一起,她看到我的样子抄起那一整套疯狂英语要砸过去。我说,咱们走吧,我想哭。

我做了许多许多梦,我梦到那红头发的女孩子朝我笑,她的牙齿变成绿色的。我梦到他坐在我对面,我穿着中裙藏起膝盖,坐得笔直并不看他,而他一遍一遍地对我说,对不起对不起……我不听他说,大哭着扑过去用力撕扯。他不说话任由我打,后来我就睡着了,醒来的时候他坐在旁边,轻声唱一首老歌:"列车飞驰,带你去远方,千里迢迢,远去他乡。你不要忘,亲爱的故乡,你不要忘,可

———— 都是 我们的事

爱的姑娘……"我眯着眼睛,只能看到他手腕上的同心扣,忽明忽暗,我给他戴上的那一天他燃起打火机把接口处烧成一个死结。他对我说再也不摘下来了。

那一天,他的签证下来了。

**有些事情我们那年都不懂,
比如爱情要遇到的敌人。**

现在,我二十三岁,追随他的脚步来到了莫斯科。在列宁山巨大的风中,我找到一棵树栖息在后面。像一只耗尽了力气的鸟,寻找春天时候坚果的碎屑。

天色渐晚,我去到山下的酒吧,要了一杯冰地酒。杯子和瓶子都是冻在-100℃的酒窖里,杯子是厚实的玻璃,也有人说是用水晶做的。酒是烈的,杯子是冷的。要仰起头一口灌下,酒由冰冷变得火热,在喉咙里燃起一条火龙。

酒吧里小小的黑白电视正放着一部熟悉的电影。画外音缓慢响起,一个苍老的声音在讲述着:"雪仿佛是一匹白色的织锦,从青灰色的天上茫茫不断地旋转,落下来。有如一件件尸衣冰冷冷、漠漠然地覆盖在黑色大地上。"这部片子我早就看过,它获了很多奖。大家都在讨论那个年代知识分子的心态和巨变，我却看不懂，我看了一遍又一遍，能看出来的只是爱情，只有爱情。

第一次看这部片子是在T城，那时候他离开我已经一年多了，所有人都以为我不在乎，我就真的不在乎起来，仿佛他这个人和那些事情都是幻觉。我参加了俄语培训班，学校每年都有一批去莫斯科交流的学生，我是其中之一。

我们这批交流生坐在黑暗的放映室里重复那些难懂的发音。电影里医生和他的爱人住在简陋的茅草屋里，那美丽女子拿起一根木柴又掉下去再拿起来。我旁边一个女生突然哭出声来。她絮叨着说，她去莫斯科是为了找自己的姐姐，劝她回来。她姐姐前年跟着一个男生去那里读书，那男生负了她。她一边点头一边说，那男生本是自己家的邻居，很小就成了孤儿，由叔叔抚养，叔叔待他不好，平日里都是姐姐关照他，吃的穿的用的，父母也把他当家里人一样看待，出国时把姐姐托付给他，念他父母双亡还让他叫了爸爸妈妈，而他在国内有一个女朋友，据说一直念念不忘。

我突然，呆住了。生活真的像是一场蒙太奇，我捂着眼睛堵住耳朵。可是转来转去的，还是被我知道了他的消息。那年他欠我的解释，终于还清。

电影里有一句话："爱情的敌人太多了，可以是战争，可以是名誉，也可以是硬通货。"当然，还有距离。他打给我的最后一个电话声音遥远带着回音，我只听到他说："我买了块花布给你。"然后就断掉了。

有些事情你始终不知道，现在我讲给你听。

这座城市和我想象的并不一样，只有戴着巨大绒毛帽子的老人和黑胖的全麦面包，有全年的积雪和卖套娃的小贩。但是没有从路上经过的军队，没有人唱起遥远的纤夫曲。

导游说，莫斯科这三个字的意思是"低湿地、牛渡口和密林"，吴宪，在失散的多年以后，我终于可以想起你来。站在一片废墟的莫斯科大学前面，深深嗅着你的气息。

其实，年初的一场灾难让我们这一届的交换名额取消了，而我执意要来，我要来这里嗅一嗅你的气息。废墟上已经建起了几座新房子，莫斯科市长在大屏幕里挥着手说，我们是不怕的，我们是不怕的。

那些 关于时光的事

还有，我早已经从那女生口中得知了你后来的消息。你并没有留在这里，去年你就回国了，并没有读完博士课程。但我还是要来，我知道我还记得你的味道。我来看一眼就放心了，那些灰飞烟灭里没有带着青草香味的伊卡璐。

　　我在十八岁的青涩年华里曾爱着你，这些年以来，这座城市以及你的人，对于我都是一个情结，就像一片低湿地一样。今年我二十三岁了，已经到了你当初爱上我的年纪。你说这个年纪就是大人了，不能再爱上少女。而我也是大人了，曾经和一个小流氓相爱的事情应该彻底忘记。从此我们可以在"莫斯科"这个词汇的身前与身后各自安好。

一个人怕孤独，两个人怕辜负

文／暖暖

"坚强意味着承担更多的痛苦，独立则代表不可抵御的孤单。"

为谁盛开

也许他从来就没有爱过我。在某个模糊的雨天，我为自己证明了这一点。

说实话，你是不是从来就没爱过我？我不知道为什么我能如此平静而冷淡。

他毫不犹豫，是的，我只爱暖暖。

挂掉电话我没有哭，只是反复听那首他也喜欢的歌。

"我是为你盛开的夕阳，穿过遥远的千山万水，来到你寂寞的阳台，温暖你为我受伤的心灵……"

我也想盛开，就像我养在窗台上那盆小小的茉莉一样，洁白的，芬芳的。它们为我盛开，可我又为谁盛开呢？

然后我努力让自己相信,所有的男人都是一样的,他也不能免俗。

过眼云烟

也许从一开始就是我的错。他不是我该喜欢的人。

我只应该看着他忽然从背后抱住暖暖,两个人一起甜蜜地笑。我也笑。为他们的幸福。

暖暖是他的女朋友,聪明,漂亮,有能力,也是我的朋友。

后来她知道我们的事很生气很伤心,好几次都说要分手。不过最后还是和好了。我知道他们很相爱。虽然经常吵架,可离开了彼此都无法生活无法呼吸。

然而我不同,我只是以另外一种让他觉得轻松的方式出现。

可以一起玩、一起笑、可以调侃可以发牢骚可以打发时光的女孩。只是消遣罢了。

或者暖暖像老婆,而我更像情人。

和情人在一起风花雪月生离死别之后,还是要老老实实回到老婆身边,安稳地过日子。

生活并不总充满激情,新鲜劲儿是过眼云烟。

我喜欢

很多情节已经模糊,留下的只有一些碎片,轻轻划过我的皮肤。

他的眼睛第一次看向我的时候,一定没有想过,这个脸色苍白、不停放肆地看他的女孩,将会和他有纠缠不清的故事。

但是我一直喜欢他,喜欢他清澈温和的眼睛,喜欢他整齐的头发,喜欢他干净的手指,喜欢他搞笑时可爱的表情,喜欢他身上淡淡的洗衣皂的味道,喜欢他的格子衬衫。

虽然我知道那些好看的衬衫是暖暖给他买的,但我还是喜欢他穿着它们的时候,干净、沉稳、落拓的样子。

我喜欢给他打电话,哪怕常常占线,一占就是几个小时,我也愿意一遍遍听着寂寞的忙音,想象他哄暖暖睡觉的样子。

一旦打通了我就絮絮叨叨地说一些不着边际的话。他是个很有耐心、很安静的人。

偶尔的深夜我也会等来他的电话,或者在网上碰见他。

我说我是夜晚流浪的猫,他是半夜爬起来找糖吃的小男孩。

飞蛾扑火

我一向坚强而独立。至少在外人眼里是这样。但是他能看穿我的伪装,他说坚强意味着承担更多的痛苦,独立则代表不可抵御的孤单。

于是他把整个天空的痛苦和孤单统统留给了我。

可是我无话可说,那是我自找的。我不想拆散他和暖暖,也不想破坏他的幸福。

也许女人做第三者,只是因为寂寞吧。然后换来更多的寂寞。

有一次在我家附近碰见他,他正在给以前的女朋友买生日礼物,不想让暖暖知道。就说放在我那儿,于是顺其自然地去了我家。

他看到我摆在窗台上的蜡烛。我给他讲了蛾子的爱情。

蛾子爱上了蜡烛,但是蜡烛爱阳光。蜡烛不想失去阳光,但它又舍不得拒绝蛾子。阳光无疑是霸道而耀眼的,是蛾子属于黑夜的爱情同样让蜡烛动心。蜡烛摇摆不定。最后蛾子在蜡烛被点燃的那一刻不顾一切地扑向了它,消失成蜡烛某一滴灰色的眼泪。

这是我写的文章,后来给暖暖看的时候,她说很感人很喜欢。我想她那时还没有明白。

但是他懂了。他把我搂在怀里,吻去我的眼泪,轻轻地说我不会离开你的。

这是他对我许下的唯一一句诺言,不可能实现。

他说蜡烛不值得爱,自私、懦弱、犹豫不决而且用情不专。蛾子太傻了。

我使劲感觉着他的气息,坚决地说,蛾子的爱情注定是这样,即使粉身碎骨,也执迷不悔。

小妹妹

后来的一个月他几乎每个星期都来我家,于是每个星期天的下午成了我的节日。

我低着头抿着嘴给他开门,极力想掩饰我内心的兴奋。

他平时在暖暖面前从来不理我,形同陌路。因为有一次他陪我去麦当劳很晚才回家,暖暖发了很大的脾气。他害怕暖暖离开他,就做出了他也没把握的承诺,答应暖暖再也不理我。

他带来了千层雪、啤酒、CD、影碟,还有一屋子的快乐。

他最喜欢"Eagles"的经典之作 Hotel California。我们在醇厚而遥远的声音中沉默。或者看我电脑里好玩的东西,比如阿贵的搞笑动画,有一百多集。我们为那些无聊而哈哈大笑。

我问他和我在一起是什么感觉。他说觉得我是个小妹妹,脆弱,甜美,古灵精怪,却又需要照顾。

那暖暖呢?我问。

温暖,自然,家的感觉吧。他的眼睛里荡漾着温柔。

然后他吻了我,我们刚吃完苹果,嘴里有苹果甘甜而清香的味道。

女朋友

"如果暖暖和我同时掉进河里,你会先救谁?"
"暖暖。"
"为什么?"
"因为她是我的女朋友,我爱她。"
"那我能做你的女朋友吗?"
"不能。"
"为什么?"
"因为暖暖才是我的女朋友,我离不开她。"
……

回忆过去

最后一次他从我家走的时候,我或许已经意识到他要彻底离开我了。

尽管他一直没有明确地拒绝过我。我也知道他不会为我而放弃暖暖。我们的关系很暧昧。

我说了,男人都是一样的。可惜那时我还不明白。我还以为他和我一样痛苦。

　　我堵在门口,把脸埋在他的大衣里,耍赖不让他走。

　　他真的生气了,使劲把我从地上拖起来,我又摔倒了。他抢过大衣,头也不回地摔门走了。

　　门发出巨大的响声,在空荡荡的楼道里回荡着。所有的寂寞都那么明显。我突然感觉到,他走了就再也不会回来了。伸出手,我什么也抓不住。

　　该结束的,总要结束。只是要留下点什么痕迹,当做证据,我们曾经爱过,才好。

　　后来暖暖写信给我,说她原谅了他,他们会继续在一起。但是我们的友谊结束了。

　　我知道他没跟暖暖说实话,其实暖暖也只是想知道真相而已。于是我告诉了她。不过男人说谎就和发誓一样简单,用不着太在意。何况他骗她也是因为爱她,不想伤害她吧。

　　我知道暖暖怪我,他怪我,全世界的人都觉得是我不好。

　　我已经无所谓了,这种事第一步是争执,第二步是一个人哭泣,第三步便是沉默与冷漠了。

证据没了，不爱了，连回忆都要被抹去。

我是暖暖

我还是一个人，却开始怕到外面晒太阳，怕太阳的温柔令我流泪，怕看到依偎在一起海誓山盟的情侣。好多东西随着时间流走了，在地上擦出淡淡的痕迹。

我是暖暖，写下这些文字，只是为了让自己原谅他们。我也曾是第三者，我破坏了另一个女人的幸福，成全了自己。

于是换个角度想的时候，比较容易释怀。

姐姐说男人都是贪玩的孩子，玩累了自然会回来——也许是这样的。

◆

若你不辜负

这世界的宠爱

·第四章·

长信
文 / 卡尔 ▶▶

"这些不可告人的回忆,只有一个人知道。"

我多次做过一个同样的梦：梦见我在读信。一封又一封很长很长的信，不知是谁写给我的，那么长，仿佛把一个人的一生细细讲述了一遍。我沉醉而尽情地读着，细细地读着，一页又一页，在我身边散落了很多写满了字的纸。

　　我与颜谈恋爱的时候，他在美国加州攻读物理学博士学位。两三天我会接到他的越洋电话。我说："给我写信吧。电话费太贵。"他说："我想听你的声音啊。"我又说："可是我想收信。"

　　没有信，邮件也是好的。每天清晨，我到办公室第一件事就是打开电脑收邮件。颜的信时时有，可是每封都很短很短。我总结过，他的每封邮件从不超过十句话。

　　作为一个渴望收到长信的女子，面对这样短而干燥

～～～～～　都是 我们的事

的邮件，我的失望是无法掩饰的。但我告诉自己不要轻易失望。我努力想扭转这个局面，为此我想了很多方法，比如——让他去看我所爱的电影，并表示希望能看到他的观后感。然而，收效甚微。

渐渐地，打开邮箱的时候，我心里有种说不清的忧伤。我不知道我的爱情为什么会这样，它存在着巨大的不足，仿佛是爱的赝品。我不知道要求自己远方的男朋友给自己写长信是不是一种奢求，对于这种愿望，颜是这样答复的："你的生活太安逸，想入非非，才会有这样的要求。我们理科学生有什么说什么，没什么也不会无病呻吟，说那么多干什么？"还有一次，他几乎带着怒气这么回应我，"你推荐给我的文章和电影我都看了！但是说感受有什么用呢？语言是无力的！"

某天早晨，我照常准时到达办公室，泡上一杯茶，打开电脑。这个时候来来往往的人还不是很多，空气的清新依稀可感，六月的太阳仍未发出暴烈的尖叫，我的衣裳仍带着洁净的清香……总之，一切刚好。我开了邮箱，看到了颜的邮件。

邮件的主题是：今天好吗？

我盯着这个主题看。忽然间，一个新鲜早晨的美好情怀在以无人知晓的速度消失、消失。一种淡淡的绝望感生出。我想，这封邮件一定也不会超过十句话。什么时候我能收到一封长信？从我的恋人那里？

我点开邮件。

以下是颜的信："你好吗？最近如何？工作顺利？我的学习仍然忙碌，但仍然想家，想回国去，想见到你……"一共七句。基本和昨天的信是重复的。

我和颜恋爱一年多，聚少散多。他与我认识后不久便去了美国留学。尽管如此，我仍然坚信他是我所能遇到的所有异性中最优秀的一个。所有认识我的人都知道颜的儒雅清秀，温和有礼，前途无量。所有人都替我感到幸福，认为我找到了金龟婿。

我的苦恼和遗憾只敢对二狗说。

我对二狗说："我觉得颜并不爱我。"

二狗好像并不吃惊，他看着我，问："何以见得？"

我说："他给我的邮件从不超过十句话。"

都是 我们的事

二狗是我的同事，也是我在这座城市最好的朋友。下班的时候我们常常会叫上对方，一起去吃晚餐。很多人以为我和二狗的关系有点暧昧，其实，我们之间绝对如明镜如白水。或许是二狗长得太丑了，最重要的或许是因为我先认识了颜。颜那么优秀，我当时觉得如果放弃他简直就是放弃了一种养尊处优光宗耀祖的生活。

二狗对颜从不加以评价。当我说到我因收不到长信而忧伤时，二狗便笑："或许颜自认是天才，能以最短的话来表达最长的情意。"

我很小的时候，父母便离了婚。我对父亲几乎没有什么印象。但是我记得一件事情，我读小学时，某天回家，看到一封信放在桌面。我认得出那是母亲的字迹，上面有几行字，这么写："这么多年来我盼望你给我写一封信，让我知道你念着旧情，念我带孩子不容易。可是我现在知道这是奢望。我好像总是在向命运乞求什么，可是命运连一封信都不给我。"

我有时会怀疑自己的记忆。为什么我居然能一字不落地背下那并不通俗的几句话——当年我还是个小学生。可是，的的确确，我对这几句话倒背如流。从那几句话开始，信，对于我便成了一种神秘和重大的事物。我常常在心里默念着母亲那几行字，有时候，在梦里，我梦见自己就是母亲，我设想自己在纸上写着这几句话的情形。醒来的时候，枕上湿了一小片，也不知是不是泪水。

这些不可告人的回忆，也只有一个人知道，就是二狗。我跟二狗说过我有一些情结，比如这一个长信情结。

我和二狗在一起的时候，总是喝啤酒。咖啡太浓郁，茶太优雅，红酒太高贵，果汁太甜蜜。只有啤酒，这种清香而微带苦涩的饮料很适合我们。我非常喜欢看这样的情形：啤酒花溢到杯口，然后崩溃似的落下来，二狗抢过杯子深啜一口。

我和二狗总是一起喝酒，也不知为何，在二狗面前，我总愿意自己醉一回。我很想趁着醉意，对着一个人，大哭一场。这个人，我想，只能是二狗。

喝着说着，我的头脑开始变得混乱。我喃喃道："颜，我与你谈恋爱，好像总是在向命运乞求什么。"

眼前晃动的却是二狗那张微丑的脸。他似乎在说："你喝多了。回去睡吧。"

都是 我们的事

某天深夜，我从外面赴宴回来，已是凌晨两点。洗完脸躺下后，我听到卧室门上传来一种奇怪的抓门声，仿佛是有人在撬锁。当意识到可能是贼，我马上感到一阵寒意从双脚直达全身。我僵直地躺着，一动不动，头脑空白。寂静中，那撬门声越来越响。

我习惯性地拨了二狗的电话号码。电话一接通我就哭了："家里有贼……"

"我马上来。"

十几分钟后，二狗敲门。我踉跄着跑去开门，他提着木棍站在门外。

他握握我的手，说了句："别怕。"

二狗检查了我全部的门窗之后，抓到了罪魁祸首：一只饥饿的老鼠。

我们哑然失笑，尤其是我，想到刚才自己的慌乱，只觉可笑。我瘫坐在沙发上，又打开了一瓶啤酒。

二狗说，你睡吧，我在隔壁房间看书，天亮再走。他带上我的卧室门，把走廊和隔壁的灯都打亮了。

我再也没入睡。我第一次那么强烈地想到，我要结婚，我渴望婚姻。我知道我有多么软弱，当漫长的黑夜降临，仿佛一个寓言，让我看到人生的孤单和冷清。我看着自己年轻的身体，我知道它的冰冷和渴望，对于一个平凡的、与世无争的女子，没有更大的充实和平安，能胜于与爱人相拥着度过长夜。

我打开电脑，给颜发邮件，我说："你回来吧，我想结婚，我们结婚好吗？"

可是颜一直没有回来。

二月时，他曾答应我要回来，可是临近了，他又打来越洋电话，说他的老板让他负责一个很大的项目，做得好的话能学到很多东西，且是一个很好的机会，云云。我失望地听着，没有说什么。我知道他，他是一个把事业和前途看得很重的人。我知道自己没有权利说什么。

二狗也要出差了，这次他要去半个月。走之前，他请我喝啤酒，我们在我的小屋子里对饮到深夜。

二狗说："男人如果爱上女人，就会为她做任何事情。就算最终什么都得不到，也心甘情愿。"

我说："包括写信，是吗？让一个理科生写封长长的信？"

二狗说："当然了，男人喜欢上女人，就会做平时做不了的事情。写信有什么难。"二狗就是理科生，"写信有什么难？依我看，裸奔都可以。"他也醉了。

　　我忽然想起，我已经有一个月不曾与颜写邮件了，他没有写给我，我也没有写给他。只有一次，他给我寄来了一张照片。在电脑屏幕上，他的照片徐徐展开，一件浅蓝格子衬衫。俊朗的脸。他背着手站着，挺拔，神清气爽——这曾经是我喜欢颜的最直接的理由。可那次，我只看一眼就有强烈的陌生感涌上心头。我马上关闭了画面。

　　二狗出差的那半个月里，每天电话铃响起时，我就在想着，是二狗，还是颜？真没想到啊，二狗这个成天与我一起喝酒吃饭的死党，出差半个月，仅仅给我打过一个电话！而且，听得出，当时他在一个小饭馆里，那边很嘈杂。他大声地说："陈小牛，我在这边没人陪我喝酒，真有点想你！这些天有没有老鼠跑进你那狗窝？"

　　听了二狗这样没情致的电话，我反而想念起他来。

　　而颜给我的越洋电话每周都会打上三四个，每次都在聊他那边的天气、生活和饮食。以前是我说得多，他说得少，可是现在终于变了，他说得越来越多，我说得已经很少很少。我在做什么，我在想什么，他仿佛全不知道，也不关心。他时时说："我爱你，我想你，小牛。"可是我对着这句话冷笑了。他认识小牛吗？或许"小牛"就是他在美国孤单日子里的一个臆想。他已经忘了，小牛是一个活生生的人，有泪水有欢笑，会思考会生长。

他的生活是什么样的？他在想什么？我也无从知道。

我感到我的爱恋在一天天磨灭，终于我拔掉电话线，不再盼望。不知是什么东西，令自己心如死灰，不再期待。

颜做错什么？我说不出来，也想不起来。我不恨他，连怨都说不上。我只知道我不再期盼与他有关的一切了。或许我真的是个绝情的女人，难以勉强。

那是八月，在二狗出差回来的前一天，收发室通知我："陈小牛，你的包裹。"

我疑惑地接过来。首先，我看到一排歪歪扭扭的字："谢二狗寄"。在邮包背面写着："男人如果喜欢上女人，就愿意为她做任何事。不要说写信，裸奔都可以……"

信！我惊叫起来。

我拆开邮包，里面装的，果然是信，全是信，一大沓的信。上面放着一张卡片，写道："小牛，在我得知你有

都是 我们的事

个长信情结时,我就预感有一天我会将这些信都寄给你看。现在我寄给你了。如果我没有想错的话,现在,应该是一个最好的时机,是不是?"

  我笑了。我把那些信一封封地展开。每一封,都有很多页,每一页,都密密麻麻地写满了字,正如我的想象。我坐下来,将用很久很久的时间,尽情地、慢慢地,读。

相爱的人终将相逢
文 / 李炒饭

"我们相见时,
珍妮从她坐的椅子上跳起来吻了我。"

这个春天，佳音因为一场重感冒休养在家，一边清理源源不断的鼻涕一边整理箱笼，翻到一本大学的留言册，头一页就是顾醒一手圆头圆脑的大字，呼之欲出："我知道我将永远怀念那些张扬州李炒饭的日子……"

佳音眼前顿时一片模糊，同时一种槐花的清香异常清晰，将她带回一年前的那晚，两个傻乎乎的大学女生走在回宿舍的路上。分不清是月光还是路灯的光，不切实际地照亮了她们的笑容。

照亮了她们菲薄的流年。

张扬州李炒饭

李佳音与顾醒从入冬开始持续保持着良好的胃口,转眼已是春末。

一个礼拜至少有五个晚上,佳音与顾醒会坐在校门口的小吃店外吃夜宵,两人的长相与吃相形成鲜明对比,有男生过来打探小姐芳名。佳音看看男生又看看桌上的扬州炒饭,答:"张扬州,李炒饭。"

两人都懒,吃得满足时她们尤其不爱动脑筋,所以这答案在类似状况发生时屡遭延用。佳音是美国华侨,大学毕业回国插班强化中文。顾醒言简意赅,跟她最对脾气。

张奶茶李珍珠是她们用过最柔情的名字,那是四月底的一个周末,小店推出珍珠奶茶的第一天,服务员不停推荐,近旁的一棵老槐树开满了花,那清香使她们舍不得走。顾醒摆出梁山好汉的派头:"店小二,上两大杯!"

大概是生物钟出了问题,一只知了突然大着胆子叫了起来。

———— 都是 我们的事

一个吻和一堆臭袜子

接下来的事情简述如下:不知道什么时候旁边坐了三五个男生,其中一个男生突然走过来,好一番啰唆,得知她们叫"张奶茶李珍珠"后又是好一番啰唆,要她们帮忙,因为他们打了一个赌,事关佳音的一个吻和一堆臭袜子——输家要替得到她一吻的赢家连洗一个月的袜子。

也许知了的叫声令佳音对一成不变的事情烦了,她竟然站起身来,走向其中一个男生——连知了都不想按部就班地过了,佳音为什么不行?

果断,温柔,而绝不蜻蜓点水的一个吻。一时间竟没有人起哄,直到佳音直起身来,自己先笑起来——她看见被吻过的那张脸上留下了明显的痕迹,不是口红而是刚才吃的炒面太油。男生们这时纷纷吹起口哨,并且追问她们的姓名来历。佳音拉着顾醒逃了,远远听到后面集体一声大吼:"李珍妮我爱你!"——他们把珍珠听成了珍妮。

这奇怪的巧合使她们面面相觑:佳音的英文名正是Jenny!

分不清是月光还是路灯的光,不切实际地一路照亮了两个大学女生的笑容。顾醒笑着轻声说:"这个春天总算没有浪费。"

佳音明白她的意思。

宿舍里,佳音的行李都已打包。她大后天的机票飞迈阿密。

李佳音同学在国内大半年的中文学习结束了。

呆人自述

之后两天是连续的饯行酒,闹到很晚,饭后佳音别过他们想一个人走走,路过篮球场,有三五个男生在灯下打球,她不由得站住脚步,想最后当一次观众。一阵风过,带来新鲜的糨糊味道,佳音就站在海报板旁边。她一转头,"李珍妮"三个大字几乎贴上了她的脸,佳音吃了一惊,退后一步细看,全句是"等待李珍妮",底下写着"老时间,老地点",日期是当天。佳音没太看明白,旁边一串春蚓秋蛇的草字帮了忙:"珍妮别上当!他的袜子有多臭你知道吗?我们可以提供一打以上的人证物证!"——是前天晚上的那几个男生!

~~~~~~~ 都是 我们的事

佳音看看表，又看看远处的校门外面，看不见小吃店的长凳上是不是坐着一个傻子。

　　五分钟后，佳音站在了他面前——她以为她会不记得他的样子，没想到第一眼就认了出来，或许他正好长成她喜欢的那种样子，所以那天才会选上他吧。

　　抬起头的一刹那，他看上去像是完全不相信自己的眼睛，看了她半天才轻轻呼出一口气，说："你来了。"与其说是打招呼，不如说是自言自语。他慢慢地放下面前的书，看着她，却没有叫她坐。佳音一边自己坐下一边在心里恨："呆人。"

　　过了一会儿，呆人开口了："昨天晚上在这里没等到你，我忽然有一种再也见不到你的预感，心里一慌，就写了寻人启事。

　　"要从哪里说起呢。"

　　"其实我在这里看到过你很多次了，晚自习结束出来经常看见你们坐在这里，N 次。我 N 次地在心里感慨，这两个女人可真能吃啊。在二食堂一共遇见你七次，你喜欢打两份大排，或者一份大排再加一份红烧肉。在篮球场看见你一次，我打球，你看球。你如果仔细想想，也许会记得一个手忙脚乱的傻瓜，为了表演扣篮，差点摔出腰椎间盘突出。等我龇牙咧嘴地爬起来，你却已经不知去向了。

"但是最常碰见你的地方还是在这里。开始纯属偶然，后来是专门挑你应该在的时间走这一段路，一次碰不到，就找给自己一个借口再跑一趟，然后再跑一趟，这是一个复杂的演变过程。"他指指不远处的报摊，"我曾经一晚上十一次来这里买了十一份报纸杂志，其中包括两本时尚杂志和一本，呃，《妇女之友》还是什么，拿回宿舍才发现的，我们老大眼尖率先看到，其嗓音之尖利，绝对创造了生物学的奇迹。"他讲到愤怒处，竟然质问她，"那天你到底干什么去了？"

佳音一脸离奇地瞪圆了眼睛看他，他不理，自顾自讲下去。

他说，前晚的赌局就是老大挑起的，他们都看出来他喜欢她，是起哄也是帮他的忙。"本来是要指定……我的。"他省略了"吻"字，"可是我想试试我们有没有缘分。"所以后来他简直傻在那里，什么话都说不出，"我完全想不到你会真的走过来。"

面前熟悉的桌子椅子都不真实起来。他的讲述令她也

～～～～～ 都是 我们的事

觉得震动。

佳音问他:"他们真给你洗袜子啊?"

他笑:"没有。"

又是槐花香。

青春总是和愚昧相伴

我觉得你的样子非常熟悉可亲,好像什么话都可以对你说。你觉得吃惊吗?

不。我觉得很幸福。

如果时光可以倒流一次,佳音最希望能够回到这一部分,使自己能够这样回答他:"不。我觉得很幸福。"然后,哪怕就只是一起静静地坐着,闻着花香,这一晚也将完全不一样,虽然这仍然是他们之间最后的一个晚上。

可是事实上,青春总是和愚昧相伴。佳音在仓促间只是想到,明天就要走了,他完全不了解状况,于是一二三四跟他讲了所有的事实,甚至讲了她在美国的男友,说认识他们的人都认为他们非常般配。他脸上的神情令她不敢看。她最终讲不下去，停了下来，开始意识到自己愚不可及。

重新开口的时候，他的声音平静得不像真人在说话，他说："既然明天就要走了，我请你吃点东西吧，你今天不饿吗？我怎么倒饿得很。"佳音在他自说自话开始点菜的时候站起来走了，他仿佛没有看见，继续一样一样地点菜。鱼香肉丝、蚂蚁上树、香菇菜心，每一样都是她爱吃的。那天他孤军奋战到小店打烊，佳音在书报摊的阴影里足足站了两个小时，看着他一个人吃掉了一桌子的东西，起身的时候他自言自语："怎么还是饿……"

佳音紧握拳头，狠狠地骂出声来："呆人！"同时眼泪冲上她的眼眶。

上海的雾想要留住谁

第二天上海出现罕见的大雾，佳音的飞机延误近三小时，机场发了盒饭和水，佳音一口也吃不下去。MP3也赶不走那个傻子的自言自语："怎么还是饿……怎么还是饿……"在繁华的上海，她使一个人成了吃不饱的灾民。

都是 我们的事

而落地窗外是漫天的雾，不肯散的雾，春天的倔强的雾。

佳音看着表，突然下了决心：如果再过十分钟飞机还不来，就留下，去找那个呆子。

指针走得很慢，七分钟后广播响，飞机到了，万里挑一的温柔女声，听在佳音的耳朵里，却像锈钝的钢锉锉着什么软弱的东西，那声音不能忍受。

国际航班的座椅也不如她印象中舒服了，她怎么睡都睡不安。她睡不着。

熟悉的陌生人

回忆使鼻子堵得更厉害了，佳音一边张着嘴呼吸一边把留言册扔回箱子，盖好锁上，打开电脑。一封新邮件跳了出来，出现过不止一次的陌生地址，之前她都直接删掉了，今天感冒晚期，昏头昏脑地点开了。

"Jenny，这个周末我在DISNEY Magic Kingdom 的纪念品销售部等你，如果见不到你，我想我会中断这个跟我的专业八竿子打不着的实习，中断想你。我会回到地球的那一面，努力生活，试试看不想着你是不是也能自然地呼吸。

孙雷 19/4"

佳音完全糊涂了，孙雷？哪路神仙？该死的感冒同时阻塞了大脑，她呆了两分钟才想到打开垃圾箱，把之前删除的、同一个地址的邮件找出来，标题无一例外全是乱码，难怪她全删了。她从最早的一封开始看起：

珍妮：我已经在美国了，佛罗里达，跟你呼吸着同一个州的空气。

我是无意中听说迪斯尼全球实习生招聘的消息的，本来没往心里去，但是当我听到佛罗里达州时，脑子就进水了。佛罗里达、迈阿密，我用 Google Earth 一寸一寸地搜过，我熟悉每一个屋顶却不知道哪个屋顶下面有你。从通过系里向香港的迪斯尼公司申请，到来到这里做实习生，中间的过程并不简单，好在我妈她喜欢唐老鸭，否则一定不肯替我出机票钱。

一年前，也是差不多这个时候，你说到你非

常般配的男朋友,当时我给你气蒙了,丧失了判断力,其实你既没有说你如何爱他,甚至也没有讲他是不是爱你。而我虽然试过很多方法努力想忘记你,最终却还是脑子进了水,决定用迪斯尼逼美国大使馆出了签证,准我去找你。

出发前我在 Google 里敲入了时刻盘踞在我脑子里的一个句子:Jenny kissed me,纯粹是无意识的行为,可是搜索到的结果,是到现在我都难以置信的,我甚至觉得恐惧。

邮箱是我向顾醒女士要的,她仍爱在老地方吃夜宵。只有这个线索带我通向你。

孙雷 29/3

呆人,他还敢提男友!佳音咬牙。她去年四月底回迈阿密,五月初就跟男友分手了。是她提出的,她没有办法再像以前那样自然地拥抱他,更没有办法亲吻。以前的自己陡然间好像变成一个陌生人了,她越努力却越做不像,破绽百出,只好放弃。这一年来她甚至失去了一贯的好胃口。一个熟识的邻居老太太偶然问起她"中国是不是有很多人吃不饱饭",这么一个显然无知的小问题,却差点使佳音当场掉泪。这绝不仅是民族自尊心的问题。可恶的呆人孙雷!

"Jenny:今天听说了一个有趣的概率法则:如果你找不到一个人,就站在迪斯尼门口等,因为每个人一生都至少会去一趟迪斯尼。我感染了这童话世界的乐观,也开始相信能在这里等到你。"

"有人说如果经过一场旅行两个人还不彼此讨厌,就可以成为夫妻,而我看你吃了那么多顿饭,品种五花八门,吃相千姿百态,食量大得惊人,时隔一年仍不改初衷,还不算是一种耐久的考验吗?孙雷 7/4"

"Jenny:今天我的工作之一是告诉跟家长走散的小孩子,你的父母迷路了,我们帮你找回来。说了很多次之后,我忽然觉得,找不到家的人其实是我。孙雷 11/4"

"Jenny:又是周末了,依然没有收到来自你的任何信息。我设想了种种可能,除了你有意不回信,其他痛苦的假设是,你跟你的男友一起出门旅行了,或者就是蜜月旅行;你生病住院了,甚至,刚生了孩子……我就像面对一组计算大气湍流的方程式,不得要领,毫无头绪。我简直怕收到你的回信。怕事情会像一年前的那晚一样急转直下。孙雷 16/4"

**一个半世纪后，
谁用 Google 查询 jenny kissed me**

最后是佳音最早看的这封邮件，她重看了一遍，发了一阵呆，忽然跳了起来：OMG！今天不就是——她打出个地动山摇的大喷嚏——周末吗？

她抓过手袋就冲出门去，身后没来得及关的电脑屏幕上，闪动着英国诗人 Hunt 一个半世纪前的作品：

> Jenny kiss'd me when we met,
> Jumping from the chair she sat in;
> Time, you thief, who loves to get
> Sweets into your list,
> Put that in !
> Say I'm weary, say I'm sad,
> Say that health and wealth have
> miss'd me,

Say I'm growing old, but add,

Jenny kiss'd me.

初次相遇时,珍妮吻了我,

从椅子上跳起,她充满了惊喜;

时间,你是个窃贼,专爱收集甜美的事物,

那么把这件事也放进去!

你可以说我失魂落魄,垂头丧气,

你可以说我一贫若洗,多病体弱,

你可以说我慢慢地变老,只剩叹息,

但是,珍妮吻了我。

彭豆豆喜欢张子之
文 / 杨丹 ▶▶

"孤独,
原来就是身在人群中却好像站在沙漠里。"

彭豆豆上初一了

　　她提着漂亮的小红塑料桶去她的新学校，这是入学通知书上说的：女生带小桶，男生带笤帚。彭豆豆的小辫子上夹着她最喜欢的蓝色蝴蝶，摇啊摇啊到新学校，那个挂着"初一（2）班"牌子的教室里已经吵得翻了天。彭豆豆进去的时候把腰板挺得直直的，因为她发现有好几个男生都在看她，她故意不看他们，把小辫子甩得要飞起来：哼，这些——

　　哎哟！脚底一绊，彭豆豆差点横着飞出去，她撞到了一个人身上，她大怒转身，小学就是死对头的余飞正坐在座位上得意扬扬地叉着一只脚鬼笑：谁叫你踩到我脚上来的！彭豆豆冲过去正欲发作，大家突然闹哄哄地往外跑——大扫除开始了。

像空气一样沉默的男生

彭豆豆很快认识了班上所有的女生和一大半男生，还有了自己的小圈子，就是今天说一个秘密叫她不要告诉别人明天另外一个人已经知道了并且两个人又同时保证不告诉别人的那种。还有一些人彭豆豆不大感冒，那些戴着眼镜直接保送上来的。彭豆豆是交了钱的。

入学的第二次大扫除，彭豆豆差点跟余飞打起来，弄得整个教室鸡飞狗跳。余飞居然说她跟张子之"好上了"。彭豆豆最气愤的倒不是这个，而是她根本就不认识什么张子之，那个保送生。只是被余飞恶作剧那天好像是撞了个什么人，余飞说那就是张子之。那天放学回家的路上，彭豆豆愤愤不平地向她的新朋友发誓：我彭豆豆一辈子都是独身主义！还说张子之肯定是个娘娘腔。同党们表示同意，因为基本上没人听见过张子之讲话，甚至没人说得出这个坐在倒数第二排像空气一样沉默的男生到底长了几只眼睛。

　　女人的悲喜剧大多数缘起于好奇心。彭豆豆也坐在倒数第二排，两个星期后全班大调座位，彭豆豆和张子之分江而治——中间只隔了窄窄的过道。彭豆豆忍不住研究起这个人来。学校规定每天中午学生要在教室午睡，于是彭豆豆醒了以后就观察张子之，眉毛——浓浓的，睫毛——长长的，鼻子——挺挺的，嘴巴——方方的，痘痘——多多的！彭豆豆于是忍不住笑了起来。

　　那时是秋天，窗外的梧桐开始落叶，风让婆娑的树影在张子之的脸上拂来拂去，突然那张脸上出现两粒黑葡萄，张子之醒了。彭豆豆直起身子伸个懒腰，外面的阳光好热闹，在树枝和窗棂的缝隙中间绕来绕去，绕得彭豆豆的心一漾一漾的。

因为喜欢，不得不孤独起来

　　从这以后，彭豆豆就很勤快地观察张子之，这件事情慢慢成为彭豆豆的一项功课。彭豆豆的时间表也变得跟张子之的一样：早上 7:05 左右，张子之出现在车棚，彭豆

都是 我们的事

豆必然会在车棚对面的花坛边装作若无其事的样子目不斜视地走过去；中午1:10，张子之穿过小操场去教室，彭豆豆在他后面30米的地方跟着，下午放学，张子之迫不及待地收拾书包，老师话音未落他就冲向车棚，彭豆豆也慌慌张张地顾不得那班死党，拽着书包带子往外跑，她看到张子之骑着自行车，双手撒把地冲下长长的斜坡，他有些长的头发匆匆地往后飞扬着。

然后彭豆豆眯着眼慢吞吞地走下去，走回家去写日记，写今天的斜阳照在路上，金晃晃的。

植物老师这节课讲令箭荷花，快下课时他说自己最喜欢这一科的昙花，而且还问大家都喜欢什么花。一时间教室里热闹非凡，只有张子之没有说话，他埋头看一本科幻杂志，于是彭豆豆也不说话。前排坐的秦小琴大声说我最喜欢荷花，余飞马上应道："不对吧，是何华吧？"秦小琴立即跳起来用植物课本去砸余飞。彭豆豆看看张子之，他还是低头看书。彭豆豆缩了缩脖子，把要说的话咽了回去。

放学的时候彭豆豆没有往外冲，因为张子之被老师叫去办公室了，是他们几个尖子生参加数学竞赛的事。彭豆豆这次又考了个 34 名，比张子之少 132 分。走出教室，外面阴沉沉的，彭豆豆忍不住叹了一口气。秦小琴她们几个在前面追追打打，彭豆豆跟上去，很快也眉飞色舞起来，原来他们还在说喜欢什么花的问题，彭豆豆一步一跳，满面红光地大声说："我喜欢栀子花！"她看见男生们去了车棚，张子之和余华也在里面，于是更大声地说，"我最喜欢栀子花！"

张子之他们挟着风飞驰而去，转个弯不见了。彭豆豆和死党们依然追追赶赶地一路走去，可是彭豆豆突然觉得自己跟她们离了好远好远，她第一次懂得了，孤独原来就是身在人群中却好像是站在沙漠里的那种感觉。彭豆豆喜欢了张子之，所以她孤独。

一个人会不会留意自己的影子

彭豆豆正准备往门口冲的时候被老师叫住了，是班主任。一直到同学们都走完了老师还在教室门口跟她说话，张子之早就走了，彭豆豆看见他像猴子一样窜出去，一会儿就不见了，只留下彭豆豆一个人。后来彭豆豆哭了。老

～～～～ 都是 我们的事

师说了什么别的她都没听见，她只听见她说："你凭什么？张子之考了七次第一名，你总是在三十几名，你这样，他看得上你吗？他可是要考重点高中的，到时候他认都不会认你。"

彭豆豆不恨告状的人，彭豆豆恨张子之，她的心为他死过去又活过来，反反复复，而他居然连看都没有认真看过她一眼。真的，张子之看不起她。

彭豆豆的希望像稻草一样被轻易地折断了，她掉到洪水里，掉到深渊里，她被自己的眼泪淹没了头顶，窒息的感觉。她不知道是怎么走回家的。幸亏家里没有人，彭豆豆在沙发上坐了坐，原来她已经初中三年级了，从初一进校的第三个星期开始，她每天像张子之的影子一样飘来荡去，这种生活她已经过了两年。

冬天到了，彭豆豆开始认真学习，她变得不爱说话，不爱笑，也不再关注张子之，她独来独往，只在有太阳的时候慢慢地走到篮球架下晒着，眯起眼睛看天上的一只老鹰一圈一圈地盘旋着。元旦快到的时候他们期末考试，彭豆豆是16名，她不动声色地把成绩单塞回抽屉，这与她的目标还相差很远。

彭豆豆走在大街上看见了张子之，他没有骑车，单手插在裤兜里，书包斜搭在肩上，好像有点垂头丧气。彭豆豆知道这次他没有拿到年级第一，他败给了邻班那只骄傲的孔雀。彭豆豆脑袋一热，放快了脚步，在他身后说："张子之，这次数学题好难。"

张子之转过头来，脸上是浅浅的笑："是啊，最后那题有点超纲了。"

彭豆豆的呼吸有点困难，但她还是努力地跟上张子之，故作轻松地说："可你还是考了满分，好厉害。"张子之很腼腆地笑了。彭豆豆还是有些紧张，开始自说自话，说秦小琴，说英语题，说小虎队，可是她始终不敢说余飞，不敢说栀子花，不敢说班主任。她小心翼翼费尽心机只是为了不让他知道她喜欢他，还是喜欢他。彭豆豆突然发现她已经走过了家门口，她醒过来之后有点不好意思："我到了，再见！"张子之好看的嘴角往上一翘："好的，再见。"

钥匙与金属门相碰撞的声音是那么清脆动人，彭豆豆的心又飞扬起来。她起劲儿地做着数学题，背着英语单词，哼着歌儿去倒垃圾。

都是 我们的事

一切都结束了

中考就像小河遇到岩石，只是打了个小旋涡就流走了，一切都归于平静。彭豆豆考了第五名，这并不是她最理想的，但最重要的是她和张子之平起平坐了，她替自己争取到了继续升本校高中部的资格。张子之和左右上了线的保送生一样会直接升入本校的高中部，因为当初被保送时他们就和学校达成了协议。彭豆豆是交钱的学生里考得最好的一个，当然她是可以选择别的学校的。

他们策划着好好玩一把，把地点定在了何华家。

那天彭豆豆先是在厨房里打翻了一只钢精锅，然后被打牌的驱逐出境，她一直在笑，在叫，她都有点讨厌自己的故意和夸张，可是她无法控制自己。秦小琴早就跟何华在阳台上谈得热火朝天了，互赠留言什么的，而张子之一直坐在电脑前玩游戏，对周围的一切置若罔闻。彭豆豆倒了一杯橙汁给他："喝点水吧。"张子之转过头来，依然腼腆地笑。彭豆豆拿出一个淡蓝色封面的日记本递过去："写几句话给我吧。"张子之大概是惦记着还没被消灭的那一队敌人，拿出笔飞快地写了姓名、性别、星座、血型、最喜欢的地方、最喜欢的头发、最喜欢的颜色等等流行的留言内容，然后大笔一挥，写下祝你鹏程万里。他合上本子还给彭豆豆，看到彭豆豆的眼睛直直地瞪着他，好像有什么话要说，张子之有些不安地说："那，我继续玩了？"彭豆豆说："好吧，谢谢你。"然后站起来走掉了。

彭豆豆一直走一直走，走出何华家，走过喧闹的大街，走过小拱桥，初夏微热的风中早已没有了那只蓝色的轻舞的蝴蝶，现在她的头发上只有两只简简单单的铁丝发夹，不表达任何心情。彭豆豆到家的第一件事就是拿出志愿表填上本市另一所中学的名字。一切都结束了，彭豆豆告诉自己。

你是我最喜欢的人

牙刷了一半，彭豆豆被人从盥洗室叫回宿舍接电话，当时已经是研究生的最后一学期，整栋宿舍楼人仰马翻的，彭豆豆含着满嘴的牙膏沫子说："喂？"那边的声音根本听不清，她用一只手指塞住耳朵阻挡室友打扑克的尖叫，

"谁呀？"

为了适应吵闹的环境那边将声音提高了两个八度，大声地吼着："是我！张子之！我现在在家里，下个星期回北京，要路过上海，我想见你一面！"

彭豆豆昏头昏脑的，没办法关掉一个宿舍的吵闹，只好也大声地吼回去："好啊。"

一个星期之后彭豆豆坐在了张子之的面前，喝着茶。十年不见的张子之看上去好像没什么变化，眉毛——浓浓的，睫毛——长长的，鼻子——挺挺的，嘴巴——方方的，痘痘——不见了。

彭豆豆现在已经很会说话了，但是她仍然不知道该和张子之说什么，只好拼命地喝茶。话都是张子之一个人在说："你还记得我们初中的班主任吗？这次回家听余飞说她得了肺癌，我去看了她。"

彭豆豆的心酸酸地痛起来，她想起那一次放学之后班主任找她说话，那么凶而不留情面，但是那时候彭豆豆就知道，她是为他们好，她是一心一意想所有的学生都有出息的老师，竟然病了。

"这是她交给我的。"

彭豆豆的视线里突然出现了一只发夹，塑料的，有蓝色的蝴蝶，在张子之的手心里。就是这只发夹，她曾经找了很久，是绝不可以弄丢的，却怎么找也找不到。

"如果没有这只发夹，我是没有勇气来找你的。余飞他们一直开玩笑说你喜欢我，我也是一直这样期望的，可是秦小琴说不可能，她说你不知道多讨厌保送生。而且你很少和我讲话，讲的时候也都是落落大方的，好像根本没什么的样子，不像我总是紧张得什么也说不出来，连呼吸都忘了。所以我一直很灰心。"

彭豆豆一直不作声。她已经不是那个初中小女生了，如果随随便便就哭起来那像什么话，所以必须忍住眼泪。

"这只发夹是余飞捡到交给班主任的，他现在很后悔，但是你知道我看到它的时候有多开心，所以我原谅了他，我对他说你一定也会原谅他的——你会吗？"他倒是熟得挺快的，替她拿起主意来了。

彭豆豆若无其事地说："余飞也真是的，都是小时候的事了，还有什么好计较的，我现在都结婚了。"

她当然还没有结婚，但是事情发展得如此出乎她的意料，总不能让他太得意了。彭豆豆满意地看到这个叫张子

都是 我们的事

之的男生一下子傻在那里,热切的目光瞬间灰黯,连脸都灰了。那只发夹被他捏得翻了起来,依稀可见刻在上面的小小的字:我喜欢张子之。

爱我，就带我到北方再北方
文/陶粲明
"我愿意陪你去你想去的任何一个地方。"

北方北方更北方，就只有内蒙了。依珊想去，想得要命，她说她的心不在这儿不在那儿，当然也不在深圳，她就喜欢那些一望无边。"无边"你知道吗，无边就是让人看不到从前看不到未来呀。

　　扣子说那就去嘛，他负责在北京借车，保证一辆"三菱"，别整日里有事没事念经似的。不就是北方北方再北方吗？又不是太阳、星星和月亮。

　　依珊讨厌他这种没心没肺刀枪不入的口气，好像认识她挺烦挺无奈。可依珊就乐意跟扣子说两句，他不当她淑女，他说现在的"淑女"跟大街上女人的眉毛一样，非拔即描，没几条是自己的，她也不当他是绅士，办公室里的绅士太多，显得特没劲。

两人楼上楼下，一天偶尔碰上一回，敌我似的来两句，不闷。

你是漂亮的衣衫，我就是衣衫上的扣子

扣子开了间三人组成的律师事务所，就在依珊那家装饰设计公司的楼上，刚开张没几天，依珊的设计图引起一段纠纷，就近水楼台上楼咨询，在依珊自报家门之后，西装革履正襟危坐的扣子答非所问地说："叫我扣子就可以了。"接着还来了句，"小事一桩，我包了。"依珊乐了，觉得他哪像律师更像个侠客。

一个月下来，依珊的客户不知怎么就服服帖帖了，对依珊笑面相迎。依珊大呼小叫地跑上楼要请扣子吃饭。

两杯啤酒后，依珊就问扣子，你妈干吗给你起这么个古怪的名字？

扣子笑，说："这名字是你到我办公室后才改的啊，你不知道，你那天怒气冲冲地跑到我面前叽里呱啦说了一串，我忽然发现自己是多么喜欢你这件漂亮的'衣衫'，将来有一天，深圳的律师界一定会出一个叫'扣子'的名人。我这粒扣子,可是要配最好的衣衫的。"

依珊情急中只回了一句:"我才不爱穿扣扣子的衣服呢,有扣子也只是装饰。"说完又觉得是中了圈套,脸更红了。扣子竟也不吭声了,他害怕依珊脸红的样子,他习惯依珊得理不饶人的张牙舞爪。

终于做了邻居

扣子每天晚上给依珊打一通电话,净是东扯西拉,依珊高兴,就没顾忌地笑。扣子说,你一笑,我就得把听筒拿得远远的,看。依珊不高兴,"砰"地挂了电话,电话也就乖乖地静着。

有时候何泽过来,依珊在电话里的声音就变得谨慎小心,何泽认真地看着她,何泽说他看不够她的脸,她就会脸红心跳手出汗,恨不得把电话甩出去。扣子就似笑非笑地在那头问:"你男朋友?""是啊!"那头沉默,一会儿又说:"你会留他过夜吧。"依珊生气了,硬硬地回了一句:"会!"

不知哪天夜里,依珊被一阵狂急的敲门声吵醒,从猫眼望去，感应灯下是扣子那张依然灿烂但汗水涔涔的脸，她拉开门，正要瞪眼睛，扣子摆摆手说，别生气别生气，我只一句相告：一分钟前我荣幸入住本公寓，不幸的是住在你隔壁的隔壁的隔壁，今后咱们真是上班不见下班见了。打扰，你睡吧。

依珊"砰"地关上门，倒头就睡。

海鲜大餐与长沙米粉

周末下午下班，扣子来办公室，依珊正在收拾东西，她知道扣子想拉她坐公共汽车回家。依珊指着楼下的一辆黑色本田说："今晚有个大客户，得陪他去明香，老板让我去搞定。我在想对策呢。"

扣子依旧笑笑，马上换上那无所谓的神情说："多好，省了的士费、餐费。何泽没意见吧？"何泽？依珊愣了一下，她有时竟会忘了他？

何泽说今晚去大剧院看芭蕾舞的呀。她不喜欢那种用脚尖跳上跳下的舞，还有男人的白色紧身裤也让她不舒服。依珊硬着嘴说："我会给他打电话。"扣子还是笑笑，鬼

———— 都是 我们的事

鬼的："那我走了。再过会儿公共汽车就成沙丁鱼罐头了。"

依珊讨厌他那看透她的样子。

依珊刚上"本田"，扣子的电话就来了，天南海北地侃，听得依珊哗哗直乐，车刚到明香酒楼，扣子竟鬼使神差从天上掉下来一样替依珊开了门，甩给"本田司机"一张一百元大钞，口称："谢谢不用找了。"他拉着依珊的手就跑，"我请你吃饭。"

本田司机还愣在车上，他们已经没影了。依珊一边笑一边叫："老板会炒我鱿鱼的。你这该死的。"

"你就说你被人绑架了。"扣子说，"明天我找人跟他要赎金，看不吓着他。你一回去，他可省大钱了。他乐还来不及呢，看他以后敢使美人计。"

依珊不吭声，屁颠颠地跟着扣子走过两条街，不想他却摸到一家长沙米粉店，点了两碗辣得人鼻涕直淌的酸豆角粉完事。依珊饿了，啧啧被辣麻得红嘟嘟的嘴巴，说扣子太抠门。他一本正经地说今天车费太高，只好在餐费里省点。

依珊恨得牙都疼了，叫道："我今天可是放弃了海鲜大餐，结果被你骗来省餐费？"桌子下面一脚就踹了过去。

扣子嗷嗷叫了起来:"你以为你在大草原放牧打狼呀,淑女点行不!"

依珊整整衣服横扣子一眼说:"我哪里不淑女啦?"说完,用纸巾擦额头的汗——不是淑女,反正不是,反正在他面前不用是。真好。

有可能背叛上帝的修女

依珊喜欢听扣子说他的当事人,各种各样的人,他都说得精彩刺激又显得轻描淡写,他说他愿意为女人打官司,女人太有趣了。遇到新接的案子,半夜他也来敲门非让依珊头倚着门直听得眼睛发亮。他说:"依珊你是豹子变的。"依珊眼睛就绿了。他又说,"你把睡袍穿得真好看。"

"你喜欢白背心加牛仔裤,对吗?"扣子盯着她,在午夜的门口。

"嗯。"依珊茫然地点点头,她还想穿着牛仔裤白背心骑着高头大马满草原狂奔。又是草原,可何泽说过:那是不适合你去的地方。

看扣子欲言又止的样子,依珊变了脸色:"你别吓我啊！我是修女。"

扣子听了笑一笑："是啊，那么野心勃勃的修女，少见啊！"然后马上回到他一贯的表情，"你当修女也会背叛上帝，随情人出逃，去北方北方再北方。"

依珊想到北方北方再北方，想到一望无边，就不吭声了。扣子也闷下来，他不敢再前进，他害怕在他还没有把握的时候，依珊会撤退，退得无影无踪让他再也抓不到。他不敢告诉她，她的骨子里是一件自然舒适的休闲衫，而何泽是一件燕尾服，只适合大型的酒会和堂皇的剧院。

他是不是你的那片天

何泽准备技术移民去澳大利亚。

依珊很烦，她知道，澳大利亚的天很纯净很蓝，她还知道何泽的确很好。

图纸设计也出不来效果，混乱，沉闷，没有细节变化没有颜色，她是敢用且善用颜色的，可现在她懒得去动脑筋搭配。好在这两家客户都是四十多岁的中年人，竟都认可了。

也不知扣子整天进进出出忙些啥,只是见面就怪怪地笑再假声假气地恭喜她。她不搭理他,他也不着急了。

晚上,依珊打电话过去说:"扣子,我想我该跟何泽结婚了,他想办了婚事再走。"

扣子这回没笑,好半天没出声。依珊说:"你说话呀。"

扣子的声音变得从未有过的低沉:"依珊,给你一个测试题,你做做,好吗?如果有来生,你想做一条鱼还是一只鸟?"

依珊笑了,她说想做一只鸟,有翅膀,可以迎风飞翔,是自由的生命。

扣子轻轻问:"何泽是你要的那片天吗?"

依珊不说话。

"可是我愿意陪你去北方北方再北方,我愿意陪你去你想去的任何地方。我愿意看你乱笑乱跳。我愿意看你穿着背心牛仔裤背着大背包满世界瞎逛……"扣子的话让依珊眩晕。

"依珊,我已经在北京联系好车子了,如果你愿意,我带你去内蒙。别把我当你衣衫上的一颗装饰,依珊。去北京的机票放在你的信箱里了,你可以不去取。"

都是 我们的事

依珊记得他们在太子吧以及在忘记名字的酒吧,记得他带她去 Lee 专卖店买牛仔裤,记得在 Esprit 买的白背心,记得扣子说她是株月季,应该俗艳有刺,开在阳光普照的窗台上,他只负责浇水绝不修剪。依珊瞬间记起了一切——扣子在她前前后后上上下下左左右右有意无意地出现,他努力让她过她自己的日子。

如果何泽不是那么好,那么让她无可挑剔,她也许早就明白。她是否真的太笨,笨得看不清自己想要的。

她想要什么?哪条河哪片天?

她穿着睡袍,像扣子口中的欲望修女一样,光着脚跑下楼。她要去打开信箱,那里面有她前往北方北方再北方的通行证。

STAFF/ 制作团队
大鱼文学工作室

【总策划】
苏瑶

【副总策划】
胡晨艳

【执行主编】
胡晨艳

【文字编辑】
代琳琳

【视觉设计】
刘 艳 / 曾 珠

【封面绘制】
林单调

【版权和媒体运营】
赵婧（zhaojing@dayubook.com）

【校对】
邓 旭